JN311833

レヴォリューション No.0

金城一紀

角川文庫
17955

When you got nothing, you got nothing to lose

――ボブ・ディラン

42。

なにを意味する数字だか分かるだろうか。

答えは、高校受験ガイドに載っている僕の高校の《合格ほぼ確実偏差値》だ。

一度でも高校受験を経験したことがある人なら、僕の高校がどんなレベルなのか、すでに理解してもらえたはずだ。

高校受験をしたことのない人のために説明しておくと、要するに、典型的なオチコボレ校ということだ。

加えて、男子校だ。

校内では、純度100パーセント混じりっけなしの、ジュースで言えば濃縮還元じゃなくてストレート製法のアホ男子たちがうじゃうじゃと群れをなしている。

それに、まるで嫌がらせみたいにまわりをいくつもの有名進学校に囲まれているので、比較対象がすごい分、僕たちのアホっぷりが際立ってしまっているのだった。

ご近所のお嬢様女子高のお嬢様方なんて、通学路ですれ違っても目も合わせてくれないし、僕たちと同じ空気を吸うとなにか悪いものでも感染すると思っているのか、僕たちがそばにいると、ごめんあそばせ、といった感じで、早足で逃げていく始末だ。

ちなみに、学校の近隣住民は、鳥インフルエンザウイルスの発生源は僕の高校に違いないと噂しているらしい。

確かに、鳥並みの知能しかない連中が集まっているので、根拠のない噂ではないと思う。

在校生も自分たちのことを、頭が良くない、運動もできない、モテない、の《三ない運動》の推進者だと自覚しているので、差別されても仕方がないと思い込んでいるのだった。

200。

この数字の答えは、高校受験ガイドには載っていない。

僕が入学した年、学校側は例年より200人も多く受験生を合格させた。

僕の高校は地価の高い新宿区にあって、最寄り駅から徒歩五分という立地のせいか敷地が狭く、当然のように校舎も大きくないので、そもそも例年の定員数でもかなり窮屈に過ごさなくてはならない環境なのだった。

なのに、200人も多く新入生が入ったらどうなってしまうのかは、アホでもわかる。

一年生の教室は一日中ラッシュアワーの満員電車みたいだったし、学校全体は受刑者過多の刑務所みたいな雰囲気だった。

僕たち新入生は、そんな環境の中でいつもイライラして過ごしていた。

でも、僕たちはその数字が意味する本当の答えを探ろうとはしなかった。

アホでもわかるようなことを、どうして学校側がしたのか。

冷静に考えれば、およそ一学年分の人数をいきなり増やすなんて明らかにおかしなことだと分かるのに。

そして、入学してから二ヵ月後、僕たちは本当の答えを否応《いやおう》なく知ることになったのだった——。

これから話そうと思っているのは、僕と仲間たちの生まれて初めての冒険譚《たん》だ。

1

駅の改札口を抜けて、学校に続く道に足を乗っけた。

とたんに、ズシリと重い鉄の輪っかが足首にはまったような気がした。

重さに負けて立ち止まると、まわれ右をして家に帰ってしまう自信があったので、無理に勢いをつけて前へと進んだ。

停学明けで、一週間ぶりの登校だった。

学校を休んでいるあいだ、なにひとつとして不都合はなかった。

学校が恋しいなんて一瞬たりとも思わなかったし、勉強をしたいなんて気持は一ナノほども存在しなかった。

そうなると、当たり前の疑問が湧いてくる。

どうして学校に行かなくちゃならないんだろう？

僕と同じ疑問を抱えているのか、まわりにいる登校中の生徒たちの顔はみんな同じように暗くて、背中は小さく丸まっていた。

まさか、と思ったけれど、案の定僕の背中も小さく前に傾いていたので、慌てて背筋を伸ばした。すると、視線の少し先に学校に行く理由を見つけた。

足のスピードを一気に速め、生徒たちの群れをすり抜けながら、すぐに理由に辿《たど》り着いた。

舜臣《スンシン》は隣について歩き出した僕を見て、薄い笑みを浮かべた。

「おう」

「この一週間、なにしてた？」と僕は訊《き》いた。

「いつもと変わんねぇよ。本を読んで、体を鍛えてた」

「なんか面白い本はあった？」

「『監獄の誕生』」

「むずかしい？」

「まぁまぁかな」

「今度貸してくれよ」

「おう」

突然、僕の隣に新たな理由が現れ、並んで歩き始めた。

走って息が切れていた萱野《かやの》は、言葉の代わりに軽く手を上げて僕と舜臣に挨拶《あいさつ》をした。

「この一週間、おまえがなにをしてたか当ててやろうか」と僕は萱野に言った。

萱野は大きく深呼吸をしたついでに、首をコクンと縦に振った。

「バイト」

「当たり。朝から晩まで働けたから助かったよ」

「停学中のバイトがばれたら即退学だろ」

「ま、そん時はそん時だよね」と言って、萱野は柔らかく微笑んだ。

「ま、そうだな」

僕がそう応《こた》えた時、僕たち三人の目はそれが当然のように同時に右斜め前方へと吸い寄せられた。

ヒロシはガードレールに腰掛けて、僕たちを優しげに見つめていた。ヒロシのいるそのあたりだけが、ほかよりもほんのりと明るく見えた。

ヒロシはガードレールから勢いをつけて飛び降り、僕たちに向かって歩いてきて、みんなと手のひらをパチンと打ちつけ合いながら、合流した。

「みんないい子にしてたか？」とヒロシが真面目に訊いた。

萱野がうれしそうに、うん、と応えると、ヒロシもうれしそうにニカッと微笑んだ。右の前歯が半分欠けているのが見えた。

十日前、授業をさぼって暇を持て余していた僕たちは、学校の屋上で《地上最強王者決定戦》を開催した。平たく言うと、総当たり制の喧嘩《けんか》だ。

結果は武闘派ヤクザにスカウトされそうになったこともある舜臣の圧勝だった。ヒロシの前歯はその時に舜臣に折られたのだった。

ちなみに、闘いのあと、みんなで煙草を吸いながら健闘を讃《たた》え合っているところを教師に見つかり、一網打尽にされたのが停学の原因だった。

学校まであと五〇メートルほどの距離に差し掛かり、校舎の姿が視界の隅に入った時、僕たちの会話がプツンと途切れた。

それは、まったくもって反射的で生理的な反応だった。

僕たちの気分が伝染したのか、さっきまで晴れていた空が急速に曇り始めていた。分厚い雲が太陽を必死に覆い隠そうとしている。

まわりを歩く生徒たちのところどころから深いため息が聞こえてくるような、そんな雰囲気が立ち込め始めていたその時、近くで、ドスンという鈍い音と、ぬおっ！という短い悲鳴が同時に聞こえてきた。

僕たちは音がしたほうに一斉に視線を飛ばした。

惨劇は通学路のすぐそばにある、戸山公園の中で起きていた。

三越のライオン像ぐらいの大きさのゴールデンレトリバーがハフハフと興奮しながら、地面に倒れている人間の脇腹に頭をドスンドスンとぶつけていた。

飼い主のおばさんは、どうにか引き離そうとリードを必死に手繰っていたけれど、思いっきり犬の力に負けていた。

僕たちは犬の攻撃を受けている人物の正体を見極めたあと、十秒ほど爆笑した。

「レスキューだ」

ヒロシのその言葉を合図に、僕たちは相変わらず犬に頭突きを食らっている山下のもとに駆け寄った。

ヒロシと萱野がリードを引っ張って犬を引き離し、僕と舜臣は山下のそばにしゃがみ込んだ。

「大丈夫か？」僕は笑いを噛《か》み殺しながら、訊いた。

山下は涙目で僕を見つめながら、答えた。

「みんなを待ってたら、急にぶつかってきて……。死ぬかと思った……」

飼い主のおばさんが山下に近づき、こんなの初めてなのよ、普段はほんとに優しい子だからわたしもびっくりしてるの、ほんとにごめんなさいね、どうしたのかしら突然、と少し興奮気味に謝った。

いえいえ気にしないでください、いつものことですから、と僕が代わりに応え、舜臣は山下を抱き起こした。

立ち上がった山下は脇腹をさすりながら、恨めしそうに犬を見た。

犬はあっという間にヒロシに懐いていて、この人大好き、という眼差《まなざ》しを注いでいたけれど、山下の視線を敏感に感じ取り、なんか文句あるんすか、というガンを山下に飛ばしてきた。

山下がさりげなく、すっと視線をそらしたのとほとんど同時に、予鈴が校舎のほうから聞こえてきた。

僕たちは校門に向かって、走り出した。

チャイムが鳴り終わる十秒ほど前に、校内に駆け込んだ。

校門の脇に立って治安監視に努めていたハイパー暴力体育教師の猿島《さるじま》は、口惜《くや》しそうに大きく舌打ちした。

猿島は僕たちを捕縛して停学にした張本人だ。

僕たちが無視して通り過ぎようとすると、猿島のどす黒い声がぶつかってきた。

「待たんか、おまえら」

明らかに嫌がらせ目的の持ち物検査が始まった。

嫌いな人間に体をまさぐられるほど屈辱的なことはない、ということを、僕たちはこの検査で学んだ。

猿島はオレンジ色のタンクトップに水色の短パン、紺のスポーツソックスに赤のスニーカーという、いつものようにアヴァンギャルドな服装だった。

ズボンのポケットをまさぐられている時、僕は訊いた。

「このカッコいいランニング、どこで売ってるんですか？」

猿島の目に瞬時に殺気が宿った。

猿島の手がポケットから出たらビンタが飛んでくるのを覚悟したけれど、予想は外れた。

検査を終えた猿島は僕たちを軽く見渡したあと、小馬鹿にするようにふっと鼻で笑って、言った。

「楽しみにしてるからな」

僕たちがその言葉の意味を呑《の》み込めずにいると、猿島はハエでも払うように手をひらひらさせながら続けた。

「さっさと行け」

なんだあの野郎、もったいつけやがって、なんてことをみんなでブツブツ言いながら教室に入っていくと、クラスメイトたちから、よく戻ってきたなー、とか、お勤めご苦労さんでした、とか、声を掛けられた。

適当に相槌《あいづち》を打ちながら自分の席に座ると、僕はすぐに教室に起きている異変に気づいた。

右斜め前の席に座っている、クラス委員長の井上の肩を叩《たた》いて、訊《き》いた。

「なんかおかしくね？」

「なにが？」と井上は応えた。

「なんかこう教室が空《す》いてるっていうか」

井上は、あぁそのことか、というように軽くうなずいて、言った。

「おまえたちがお勤めしてるあいだに退学者が続出したから、机の数が減ってんだよ」

「やめた理由は？」

「たいていが自主退学だな。抜き打ちの手入れで煙草とか裏ＤＶＤを見つかって停学食らって、めんどくさくなってそのままやめちゃうってパターンだよ。おまえたちもやめるんじゃないかって噂してたんだぜ」

「そっか」

「ほかのクラスもどんどん人数が減ってるってよ。ここんとこ、やたらと手入れがあってさ。みんなけっこうビビってるよ。あ、そういや——」

井上は突然なにかを思い出し、机の中に手を突っ込んで一枚のプリントを取り出した。

「おまえら知らないだろ、これ」

プリントを受け取り、ざっと目を通した。

タイトルは、『第一学年団体訓練開催のお知らせ』。

四十行ほどの文章の中には、《風紀の乱れ》とか《集団生活》とか《行動規範》とか《自己発見》とか《人間性育成》なんていう、鬱陶《うっとう》しいワードが所狭しとちりばめられていた。

「一年生の風紀の乱れが深刻だとかで、急遽《きゅうきょ》三泊四日で合宿をやるんだってよ」

「なんだそれ」

「たるんでる俺たちを鍛え直すってことだろ。保護者も了解済みだってよ。合宿は体育の単位にカウントされるから、さぼると進級できないってさ」

「合宿の内容は？」

「山登りがメインとか言ってたけど」

文末を見ると、開催期間と開催地が載っていた。

6月14日から17日、群馬県の赤城山。

開催は一週間後だった。

「梅雨に山登りかよ」僕は当然の疑問を口にした。「なんかおかしくね？」

始業のチャイムが鳴った。

井上は軽く肩をすくめ、言った。

「あまり深く考え過ぎんな。突き詰めたら、ほかの連中とおんなじように学校をやめることになるぞ」

井上が前を向いてしまったので、隣の席に視線をやった。

話を聞いていた舜臣の眉間《みけん》には、なんか納得いかねぇ、といった感じの縦皺《たてじわ》が刻まれていた。

教室の窓の外に見える空は、一段と暗くなっていた。

2

停学明けの初日は、停学前とまったく変わらず、なんの面白みもなく過ぎていった。学校の中に流れている時間は相変わらずウスノロで、教師や生徒が授業というノルマを、ただ淡々とこなしている光景は、時々、僕をひどくいらつかせた。もちろん、その光景の一部を構成している自分に対しても、いらだちを感じた。

小学校四年の時、生意気で理屈っぽいガキだった僕は、担任の教師に、どうして勉強をしなくちゃいけないんですか？　と訊いたことがあった。勉強をしなくたって生きていけるでしょ？

担任の教師は、ちっとも動じることなく、勉強は君の可能性を見つけるためにやるんだよ、と答えた。国語算数理科社会体育、君が得意な科目を見つけて、それを将来のために利用するんだ。そうすればいい会社に入れるし、いい生活を送れるようにもなるんだ。勉強は全部君のためにあるんだよ。

その答えに一応の理屈が通っていると思った僕は、がんばって勉強をすることにした。

たとえるなら、僕は《学校》というロールプレイングゲームの中のプレイヤーだった。校則というルールを忠実に守り、成績というアイテムをゲットしながら、高学歴というお宝の待つゴールを目指してひたすら進んでいたのだ。

そして、プレイの途中でつまずき、アイテムをゲットできなくなると、《学校》というRPGがどんなに窮屈で退屈なのかを思い知るようになった。僕はオチコボレというプレイヤー名を与えられ、同じステージでずっと足踏みをしていた。いまいる場所で、いまのやり方でプレイを続けても、お宝の待つゴールにはとうてい辿《たど》り着けそうになかった。

かといって、僕はゲームの降り方を知らなかった。

学校をやめたところで、いったいどこに行けばいいというのだろう？

僕は、担任の教師にこう尋ねるべきだったのだ。

勉強をしても可能性を見つけられなかった場合は、どうすればいいんですか？

誰も答えてくれる人はいない。

僕は、どこにも行けない。

腹が立つ。

息苦しい。

確かに、井上の言うとおり、考え過ぎないほうがいいのかもしれない。

深く潜り過ぎると窒息してしまうだろう。きっと。


六時限目の生物の授業では、教師の米倉《よねくら》がいつものように誰も耳を貸すことのない講義をマイペースで続けていた。

僕は頬杖《ほおづえ》をつき、ただひたすら思考を殺して、眠りが訪れるのをぼんやりと待っていた。

「生物の進化は常に危険とともにある」

突然、言葉が僕の耳に突き刺さってきた。

僕は眠気を振り払いながら、教壇のほうを見た。

米倉は黒板を向いて、ダーウィンの進化論に関する記述を黙々と書いていた。

幻聴だったのだろうか？

それとも？

記述を終えた米倉が振り返ると、ちょうど終業のチャイムが鳴った。

米倉は背筋をすっと伸ばし、それではまた次の授業でお会いしましょう、と言って、軽く一礼した。

さっきの声と同じだった。

教室を出ていく米倉のあとを追い掛け、なにかをきちんと確かめなくてはならないような衝動に駆られたけれど、やめておいた。

教師に期待したって、どうせ裏切られるだけだ。


放課後に、停学組の僕と舜臣と萱野とヒロシには担任の個別面談が待っていた。

反省文を提出し、改心したかどうかの問いに、「はぁ」と答え、来週の団体訓練をさぼったら退学だぞ、と釘《くぎ》を刺された。団体訓練て具体的にはどんなことをするんですか、と尋ねると、担任はなぜか僕の目から視線をそらし、明日しおりを配るから、とぶっきらぼうに答えた。

進路指導室を出て、舜臣にバトンタッチした。

舜臣が部屋に入ってすぐ、ヒロシが僕に言った。

「早かったな」

「みょーにぬるかった。反省文にツッコミが入ると思ったけど」

反省はしてなかったし書くこともなかったので、お経を写しただけのものを反省文として出したのだ。

ヒロシは意外そうに眉《まゆ》をひそめた。

「なんか変だな」

そこらへんの話をじっくりしたかったけれど、腕時計を見て、言った。

「悪いけど今日は先に帰るわ。野暮用があってさ」

銀座駅で地下鉄を降りて地上に出ると、とうとう雨が降り始めていた。へなちょこな降り方だったので、気にせずにゆっくりと歩いた。

待ち合わせ場所のカフェに着いた。

入口のドアの前で髪と服についた水滴を簡単に払い、短く深呼吸をしたあと、店内に入った。

店の一番奥の二人掛けのテーブルに、僕の父親が座っていた。

いつも同じ席だ。それに、いつも先に来て、分厚い本をこれみよがしに広げている。テーブルの上のカップの中身は、いつものようにエスプレッソだろう。

僕が乱暴に椅子を引いて座ると、僕の父親はようやく本から顔を上げて僕を見た。

ウソつけ、店に入ってきた時から気づいていたくせに。

僕の父親はパタンと音を立てて本を閉じ、僕を少し眩《まぶ》しそうに見たあと、軽く微笑んで、言った。

「少し痩《や》せたか？」

うんざりだった。ひと月前に会ってから、1グラムだって変わってやしない。

そんなことないよ、と僕がぶっきらぼうに答えた時、かなり可愛いウェイトレスが水を持ってやってきた。

僕はコーラをオーダーした。

僕の父親は、去っていくウェイトレスの後ろ姿にさりげなく視線を這《は》わせた。

両親が離婚したのは僕が中二の時で、僕の父親の浮気が原因だった。

僕の父親は大手のテレビ局に勤めるやり手のサラリーマンだ。頭が良くて、スマートで、頼りがいがあって、愛妻家。子供の頃の僕の目には、僕の父親がそんなふうに映っていた。でも、いまでは正体が分かっている。

「このあと用事があるから時間がないんだ」と僕はウソをついた。「悪いけど早く済ませてもらえる？」

僕の父親は少し残念そうに、そうか、とつぶやき、ルイ・ヴィトンのビジネスバッグの中から白い封筒を取り出した。封筒の中身は、毎月のお小遣いの三万円だ。

封筒を受け取り、少しだけ腰を浮かせてズボンのヒップポケットに乱暴にねじ込んだ。

じゃ、と言って帰ろうとした僕に、僕の父親は、飲んでけよコーラ、と囁《ささや》くような声で言った。

コーラが運ばれてくるまでの三分ほどのあいだ、僕たちは無言で過ごした。

僕がコーラに口をつけると、僕の父親はカップに手を伸ばしながら口を開いた。

「お母さんは元気か？」

「本人に訊《き》けば」

エスプレッソをゆっくりと飲み干して気まずい雰囲気が薄まるのを待ったあと、僕の父親は尋ねた。

「学校は楽しいか？」

ひと月前にも同じ質問をされた。でも、その時の自分の答えを思い出せなかった。

「自分はどうだった？　高校生の時、楽しかった？」

「楽しかったよ」僕の父親は一瞬の迷いもなく答えた。「とはいっても、クラブ活動しかしてなかったような高校生活だったけどな」

僕の父親はヨット部に入っていた。大学時代もそうだ。僕はヨットには一度も乗ったことがない。子供の頃、高校に上がったら乗せてもらう約束を交わしたけれど。


「三年間なんてあっという間だったよ」僕の父親はうっとりするような眼差《まなざ》しを宙に向けて、言った。「インターハイの優勝を目指してたからな。高い目標を設定して、それに向かってまっすぐに進んでいけば退屈な時間なんて一秒だって存在しなくなる」

一気にコーラを飲み干した。

僕がグラスをテーブルに置こうとすると、僕の父親は思い切ったように言った。

「父さんが通ってた高校に転校しないか？」

僕はグラスを宙に浮かせたまま、訊いた。

「どういうこと？」

「色々とコネがあってさ、おまえがその気なら話を聞いてもらえそうなんだよ。もちろん、それなりのテストは受けることになるだろうけど、おまえはもともと頭が悪いわけじゃないから、絶対に大丈夫だ」

絶対に、の響きがやけに強かった。相当太いコネなんだろう。

「おまえぐらいの年頃に経験するものは全部これからの人生に影響を与えるんだ。だとしたら、より良い環境で過ごしたほうがいいに決まってる」

僕が黙っているのを肯定的に受け取ったのか、僕の父親は勢いづいて続けた。

「まさかいまの学校に満足してるわけじゃないだろ？　おまえは子供の頃から向上心の強い子だった。いまならまだ0からやり直して100を目指せる。どうだ？」

僕はそっとグラスを置いた。氷がカランと小さな音を立てた。

僕の父親は軽く目を伏せて、言った。

「父さんに罪滅ぼしをさせてくれないか」

僕がオチコボレ校に入ったのは、離婚が原因だと思い込んでいるらしい。

確かに、僕は中二まで優等生と呼ばれるような生徒だった。偏差値だって人並み以上はあった。

でも、僕がオチコボレになったのは、決して両親の離婚のせいじゃない。僕の転落はそれよりも前に始まっていたのだ。僕の父親は浮気をするのに忙しくて、そのことに気づかなかっただけだ。

言いたいことは山ほどあったけれど、どれから言っていいのか分からなかったので、黙っておくことにした。安っぽいホームドラマみたいに、親子喧嘩《げんか》をして店を飛び出していく展開だけは避けたかった。

「そろそろ仕事に戻ったほうがいいんじゃない？」と僕は言った。

僕の父親は視線を上げ、僕を見つめた。

「考えといてくれるか？」

僕は視線をルイ・ヴィトンのバッグに落として、言った。

「分かったよ、考えとく」


店を出ると、雨脚が強まっていた。

傘を持っていた僕の父親から、駅まで一緒に入っていかないか、という提案を受けたけれど、僕は、走っていくからいいよ、と答えて駆け出した。

傘を差す人たちの群れに、何度も足を止められた。

クソくらえ。

駆け出すたびに人にぶつかり、非難の視線を浴びる。

クソくらえ。

まさかいまの学校に満足してるわけじゃないだろ？

クソくらえ。

3

一週間が経ち、団体訓練の初日を迎えた。

僕たち450人の一年生は朝の七時に校庭に集合させられたあと、あらかじめ組まされていた十二人組の班単位で貸切バスに乗り込み、赤城山へ連行されていった。

僕と舜臣と萱野と山下とヒロシは、同じK班に入っていた。

補助席がフル稼働でぎゅうぎゅう詰めの車内には、夢と希望と明るい未来を感じさせるものはなにひとつとして存在しなかった。まるでお通夜みたいな雰囲気で、おしゃべりの声も力なくヒソヒソとしていた。

僕たちは一番後ろの席に並んで座っていたので、車内全体に立ち込める無気力オーラがよく見えていた。ついでに窓の外はどんより曇っていて、いくら走っても太陽には巡り合えなかった。

関越自動車道に乗ってすぐの頃、前列の補助席に座っていたK班班長の井上が後ろを振り返り、誰にともなく言った。

「ウワサ、聞いたか？」

僕たちは一斉に首を横に振った。

井上はほんの少し声のトーンを落として、続けた。

「今回の訓練、自衛隊が絡んでるらしいんだよ」

井上の話によると、人材不足の自衛隊がリクルート活動の一環として密《ひそ》かに学校側に要望し、訓練が開催されることになったらしい。訓練の様子は細かくチェックされ、優秀者には幹部候補生への道が用意されるのだそうな。まぁ、要するに、青田買いだ。

「うちの学校、体力バカがけっこういるだろ。だから、自衛隊に目をつけられたらしいんだよね」

「情報源は？」と僕は訊いた。

「知らん」井上はきっぱりと答えた。「でも、びみょーにありえそうな話じゃね？」

「学校側になんのメリットがあんだよ？」

「一人入隊するごとに五千円もらえるとか？」

井上の真面目な顔を見て、ヒロシはクスッと笑い、ずいぶん安く叩《たた》かれたな、と言った。

「とにかく」と井上は自信たっぷりに続けた。「学校側と自衛隊が共謀してるのは間違いないらしいんだよね。じゃないと、こんなに急に訓練が決まるわけ——」

「そんなんじゃないよ」

突然、井上の言葉が遮られた。

僕たちは声がしたほうに視線を向けた。

声の主は、井上の右隣に座っている、同じ班の野口だった。

野口は、つぶやくような声で続けた。

「ぜんぜん違うよ」

僕たちの誰もが否定の根拠を問い質《ただ》したい気持に駆られていたと思うけれど、誰もが実行に移そうとはしなかった。

野口の父親は僕たちの学校の体育教師で、世界レベルの猿島には及ばないものの、全国ランクではかなりの上位に位置するはずの暴力教師だった。

クラスメイトたちは野口のことを陰で《ジュニア》と呼び、体制側の人間としてあからさまに遠ざけていた。僕はこれまで野口が誰かと話している姿を見たことがなかった。

井上の顔は、理由を聞きてー、でもなんかやばそー、といった感じで苦しそうに歪《ゆが》んでいたけれど、結局のところ、井上は安全策を選び、何事もなかったかのように団体訓練の話題を打ち切った。

それからしばらくのあいだ、僕たちのまわりには重苦しい空気が漂っていた。

僕たちには分かっていた。

野口は悲鳴を上げたのだ。

でも、僕たちには分かっていなかった。

どうやって手を差し延べたらいいのかを。

そう、まだ、この時には。


埼玉県の高坂サービスエリアで休憩が入ったので、僕は外の空気を吸うためにバスを降りた。

空は粘土みたいな色だった。太陽はまったく顔を出すつもりがないらしい。

湿った風にあたりながら、大きく伸びをした時、後ろから肩を優しく叩かれた。

振り返ると、太陽並みの輝きを持つスマイルが待っていた。一瞬で、抱かれてもいい、と思ったけれど、がんばって気を取り直し、言った。

「おまえは絶対にさぼると思ってたよ」

「仕方ないだろ」アギーは微笑みを薄く残したまま、言った。「こんな学校でダブったら、一生の恥だからな」

佐藤・アギナルド・健はフィリピンと日本のハーフで、完璧《かんぺき》なシンメトリーの顔、一流アスリートの肉体、それに、大きなちんぽこの持ち主だ。

女の人はアギーの体からホワイトムスクの香りを嗅《か》ぎ取るらしいけれど、アギーは香水をつけたことなど一度もないそうだ。

まぁ、とにかく、とんこつの匂いがプンプン漂っているような僕の高校で、アギーは伝説のモテ男としてその名を轟《とどろ》かせていた。

ちなみに、アギーは《地上最強王者決定戦》の時にレフェリーを務めていたせいで、僕たちと一緒に停学を食らっていた。

「そーとーしんどいことをやらされるってウワサだぞ」と僕は言った。

アギーは艶々《つやつや》でぷにぷにの唇の端っこに、余裕の笑みを浮かべた。

僕は挑発するように、続けた。

「泥だらけのおまえを見るのが楽しみだよ」

アギーは笑みを深めた。

僕は少しむきになって、続けた。

「猿島は俺たちを目のカタキにしてるから大変だよ、きっと」

アギーは不敵な光を目に点《とも》して、言った。

「俺は泥だらけにはならないし、マンキー（モンキー）にも手出しはさせない」

「は？」

アギーは憐《あわ》れむような眼差《まなざ》しで僕を見つめた。

「人は誰でも天からギフトを授かってる。早くそのことに気づいて使い方を覚えないと、一生泥とアザを体につけて生きてくことになるぞ」

いまいち意味が掴《つか》めなくて戸惑っていると、アギーは僕の頭をポンと叩き、子供を諭すように言った。

「ま、がんばってサヴァイヴするんだな」

再びバスに乗り、二時間近くの憂鬱《ゆううつ》なドライブを終えて、合宿地に着いた。

赤城山麓《さんろく》にあるその施設は、敷地が二〇万平方メートルもあって、中には500人を収容できる五つの宿泊棟、それに、体育館やら武道場やら陸上競技場やらキャンプファイア場やら鬱蒼《うっそう》とした森やらがぎっしりと詰まっていた。

施設に着いてすぐ、僕たちは管理棟の前のだだっ広い集会場に集合させられた。

そして、いまにも雨が降り出しそうな空の下で、校長の訓話を三十分も聞かされた。今回の訓練を通してたくましい生命力や不屈の精神力、それに学友に対する思いやりの心情を存分に養って欲しい、とかなんとか。

ちなみに、訓話の最中、あくびをしたのを運悪く猿島に見つかった生徒が、三往復ビンタを食らった。まるっきり思いやりの心情のこもってない乾いたビンタの音が赤城山麓にこだまするのを聞いて、集会場のあちこちから深いため息が漏れた。

集会場でそのまま昼食ということになり、弁当が配られた。冷たくてまずい弁当を食べていると、とうとう雨が降り出した。

さっさと食っちまえぇぇぇぇぇ！　という猿島の声が赤城山麓にこだますると、集会場のあちこちからさっきよりも深いため息が漏れた。

十五分で昼食タイムを打ち切られ、班単位での宿泊棟への移動を命じられた。

宿泊棟は敷地の東側の外れに立っていた。

第1から第5まである建物は、高さが七、八メートルはありそうなコンクリートの壁にぐるりと囲まれていた。

生徒たちはいったん正門で止められ、班単位で携帯電話を没収された。

正門の両開きの門扉は鉄製の格子状で、壁と同じ背の高さだった。格子の幅は、幼児でも通り抜けられないぐらいに狭かった。

人の出入りを制限するために作られたのは明らかで、まるでハリウッドセレブのお屋敷の門みたいに、関係者以外絶対立ち入り禁止、といった感じの厳しくて冷たい雰囲気を醸し出していた。

K班は第5棟の三階の一室を割り当てられていた。

広さは二十畳ほどで、鉄パイプ製の三段ベッドが四つ置かれているだけの部屋だった。

部屋の中がスカスカなせいか、やけに天井が高く感じられた。

「この部屋、なんかの映画で見たことあるな」

井上が誰にともなく、ぼそっと言った。

ベッドの強度を確かめていた井上の親友の郭《かく》が、ぼそっと答えた。

『フルメタル・ジャケット』」

「それだ」井上が力のない声で応《こた》えた。「新兵たちの部屋だ」

井上が続けて、やっぱり自衛隊が絡んでるな、と釣り糸を垂らすと、ほかの連中が、なんだそれ、と見事に食いつき、ウワサの品評会が始まった。

僕は野口の姿を探した。野口は一人で窓辺に立ち、外を見つめていた。

僕はスポーツバッグをベッドの上に置いたあと、さりげなく野口に近づき、窓の外を眺めた。

真っ先に目についたのは、壁だった。

頑丈そうな分厚い灰色の壁は、建物を威圧するかのようにそそり立っていた。上から見下ろすと、厚さが五〇センチほどもあるのが分かった。

そして、壁の上辺には鉄条網が張り巡らされていた。こんな場所に盗みに入る奴などいないだろうから、たぶん、内側からの脱走を阻止するための措置だろう。

「『フルメタル・ジャケット』じゃなくて『アルカトラズからの脱出』だな」

僕が思わずそう口にすると、野口はゆっくりと僕に視線を移し、言った。

「ここは昔、全寮制の学校だったらしいよ。学校っていうよりは、矯正施設に近かったらしいけどね。親の手に余る問題児たちはここに送り込まれて、隔離されながら看守たちに厳しく躾《しつ》けられたわけさ」

「教師たち、だろ」

僕が茶化すように言っても、野口はクスリとも笑わず、視線を窓の外に戻した。

「あの壁はどうやったら越えられるかな」

それは僕に対する問い掛けではなく、間違いなく自分自身に向けられていた。

僕がなにを言うべきか戸惑っていると、突然、けたたましいサイレンが鳴り響いた。

地震とか火事とかの時に鳴らされる、あの甲高くて癇《かん》に障る音だ。

僕たちが反射的に天井のほうを見上げた時、サイレンは止み、代わりに猿島の声がスピーカーから飛び出してきた。

「五分後に体操着に着替えて集会場に集合！　繰り返す！　五分後に体操着に着替えて集会場に集合！　一秒でも遅れた者が出た場合は、その者が所属する班の連帯責任として班員全員に制裁を下す！　以上！」

ブッッという音とともに猿島の声が消えた瞬間、部屋のあちこちから、うぜぇ！　とか　ふざけんな！　という怒声が上がったけれど、同時にみんなは超特急で着替えをスタートさせていた。

こうやって馴《な》らされていくんだ。

だからといって、どうすればいい？

この箱庭の中で、僕たちはあまりに無力だ。

4

山下が階段を転げ落ちてくれたお陰で、K班は集合に三十秒ほど遅れてしまった。

僕たちは全生徒の前で、横綱の張り手並みのビンタを猿島に食らった。

ただし、野口だけは十両クラスの力加減だった。さすがの猿島でも先輩教師の息子を全力でしばくのは気が引けたのだろう。

その様子を見ていた野口シニアは、つかつかと野口に近寄り、たるんどるぞ、おまえ！　と叫んだあと、野口の頭を思い切りはたき、足払いを掛けた。

受け身をうまく取れずに転んだ野口は、肘《ひじ》を地面に思い切りぶつけ、低いうめき声を上げた。

すぐに立ち上がらない野口の脇腹に、野口シニアは、立たんか！　と言って蹴《け》りを入れた。

野口は痛みに顔を歪《ゆが》めながら、どうにか立ち上がった。

一連の制裁を雨に打たれながら見ていた全生徒の目には、一様に暗い色が浮かんでいた。

見せしめを終えた猿島は朝礼台に上がり、生徒たちをぐるりと睨《にら》みつけたあと、吠《ほ》えた。

「いまから四時間で鍋割山《なべわりやま》を踏破する！　一秒でも遅れた者が出た場合は、その者が所属する班の連帯責任として班員全員に制裁を下す！　以上！」

猿島はジャージのポケットからストップウォッチを取り出し、スタートボタンに指を掛け、ニヤリと微笑んだ。

その顔は、ヴェロキラプトルにそっくりだった。

登山をスタートしてすぐ、僕たちはタイムリミットに間に合わないことを悟った。

そもそも一三〇〇メートル以上もある山を登って下りること自体が大変なのに、足元は雨でぬかるんでいるのだ。

みんなは制裁の恐怖よりも生命の危険の恐怖を最優先し、初めは慎重なペースで進んでいた。

そして、もちろん、猿島がそんなことを許すわけはなかった。

山道を獣のように縦横無尽に駆けまわっていた猿島は、登山杖《づえ》代わりに持っていた竹刀をバシバシと生徒たちに叩《たた》きつけた。

「死ぬ気で登れぇぇぇぇぇ！」

僕たちは否応《いやおう》なく、小走りのペースで山道を行くことになった。

滑ったり転んだりして、生傷を負う生徒が続出した。ほとんどの生徒が半分を登ったあたりですでに息も絶え絶えで、へたり込んでしまう連中も出始めた。

当然ながら、猿島がそんなことを許すわけもなく、足を止めた連中は竹刀で乱打され、それでも動かない奴はビンタを食らった。

それでもなお動かない奴は、猿島に胸倉を摑《つか》まれて斜面まで引きずられていき、突き落とすぞこらぁ！　という恫喝《どうかつ》を受けた。

猿島なら本当にやりかねないのを知っている生徒たちは、恐怖に背中を押してもらいながら必死に前へと進んだ。

ガタイが小さく痩《や》せていて、体力も無さそうな野口は朦朧《もうろう》とした感じで、どうにか足を動かしていた。

野口シニアはあとを付けまわすように時々野口の前に現れては、ひどい言葉を浴びせた。

役立たず。バカ野郎。オチコボレ。期待外れ。

一言一言がぶつかるたびに、野口の目に宿る陰はどんどんと暗くなっていった。野口シニアにとってはスパルタ教育の一環なのかもしれないけれど、僕たちの目には単なる虐待にしか見えなかった。

山頂に辿《たど》り着いた達成感を味わう間もなく、すぐに下山道へと送り込まれた。雨が上がった代わりに、靄《もや》が漂い始めていた。僕たちは数メートル先がよく見えない世界を手探りしながら、慎重に下っていた。

もういちいち言う必要もないと思うけれど、そんなことを猿島が許してくれるわけもなく、ビビってんのかこらぁ！　という怒声とともに僕たちは竹刀の先で背中を小突かれ、もとの小走りのペースに引き戻される羽目になった。

あちこちで、やべぇ！　とか、あぶねぇ！　といったプレ断末魔の叫びが聞こえてきたけれど、靄のせいで叫び声の主の姿は見えなかった。

下山道を下り切って、麓《ふもと》の広場に足を踏み入れた生徒たちのほとんどは、極度の疲労と恐怖から解放された安堵《あんど》感のせいで、地面に座り込んでしまった。中には、ぐったりと横たわっている連中もいた。

猿島は珍しく慈悲の心を示し、よし一分だけ休ませてやる、と宣言し、ストップウォッチを押した。

一分が過ぎても、誰も立ち上がろうとはしなかった。ほとんどの生徒は魂の抜けたような顔で、ぼんやりと宙を見つめていた。

ただ、舜臣とヒロシだけは、やれるもんならやってみろ、という目つきで猿島を見ていた。

二匹の獲物を見つけた猿島は竹刀を投げ捨て、獰猛《どうもう》に襲い掛かった。

舜臣とヒロシがビンタを食らっているのを黙って見ているわけにもいかず、僕は立ち上がって猿島に向き合った。

一瞬にしてビンタが飛んできた。

頭の芯《しん》が痺《しび》れて、思わず意識を失いそうになったけれど、どうにか堪《こら》えて立ち続けた。

萱野と山下が立ち上がり、ビンタを食らった。

そして、井上と郭が立ち上がってビンタを食らい始めた時、ようやくほかの連中が立ち上がり、施設に向かってノロノロと歩き始めた。

それに気づいた猿島は僕たちに冷たい一瞥《いちべつ》をくれたあと、竹刀を拾いに戻っていった。

「さっさと歩けぇぇぇ！」

猿島が竹刀で地面を叩いた、パシン！　という音があたりにこだました。

僕たちは鼻や口から流れ出ている血を泥だらけのジャージの袖《そで》で拭《ぬぐ》って、歩き出した。

黙って歩く舜臣の目には、ひどく凶暴な陰が宿っていた。次に猿島が舜臣に手を出したら、良くないことが起こるだろう。きっと。

十五分ぐらい歩いて、ようやくアスファルトで舗装された道に出た。

列を成して車道を行く生徒たちは、まるで敗軍の兵士みたいにうなだれ、とぼとぼと歩いていた。

施設まであと一キロの距離に差し掛かった時、列の最後尾を歩いていたK班に向かって、缶コーヒーの空き缶が飛んできた。

空き缶は山下の二の腕にぶつかり、地面にカランという甲高い音を立てて落ちた。

やけに耳障りな響きだった。

僕たちは足を止め、空き缶がやってきた方向に視線をやった。

いかにも田舎の暴走族といった奴らが十人ほどコンビニの駐車場にたむろっていた。

奴らは僕たちが規律に縛られて反撃できないとタカをくっているのか、バカにした笑みを顔に貼りつけていた。

なんてタイミングの悪い奴らなんだろう。

舜臣は空き缶を拾い、一瞬にして握り潰《つぶ》したあと、足元に落とした。カツンという乾いた音が不気味に鳴った。

舜臣が発しているなにかを感じ取った奴らの顔から、一気に笑みが消えた。

リーダー格と思《おぼ》しき、いまどきリーゼントの男がバイクのシートから腰を上げた。

男はかなりのガタイの持ち主で、悪いクスリでトリップしているような濁った目つきをしていた。

舜臣と男との距離は、二〇メートルほどしかなかった。舜臣が動けば、すぐにカタがついてしまうだろう。

ジリジリした緊張感が、あっという間にあたりに広がった。

舜臣の右足が一歩前に踏み出た瞬間、僕の視界の先に猿島の姿が飛び込んできた。

事態に気づいた猿島が、ダッシュでこちらに駆け寄ってきていた。いま猿島が参戦してきたら大惨事に発展してしまう。

僕は反射的に舜臣の前に立ち塞《ふさ》がった。

舜臣の体が勢いよくぶつかり、倒れそうになりながら何歩か後ずさった。

どうにか堪えて立ち止まり、猿島のほうを見ると、猿島は一直線に舜臣に向かってきていた。

僕は猿島のロックオン機能を混乱させるために体の向きを変え、いまどきリーゼントの男のほうに歩き始めた。

僕と男との距離が、どんどん縮まっていく。

早く来い、マンキー。

後ろから、ドタドタという足音が聞こえてきた。

よかった。

それから一分ぐらいのあいだ、ビンタの嵐が僕を襲った。大切な思い出が次々に消去されていくような衝撃を味わいつつ、嵐が過ぎ去るのを待った。

鼻血が出たのをきっかけにビンタの嵐が止み、猿島に突き飛ばされながら、列に戻った。

歩を再開した僕たちに向かって、暴走族の奴らはニヤニヤと笑いながらバイバイと手を振ったり、中指を立てたりしていた。

簡単に止まりそうもない鼻血を必死に拭いながら、耐えろ耐えろ耐えろ、と胸の中でつぶやいていると、舜臣が僕の肩を叩いた。

舜臣は自分のタオルを差し出しながら、辛《つら》そうに言った。

「すまねぇ」

僕はタオルを受け取って血を拭《ふ》いたあと、ニカッと笑って応《こた》えた。

「気にすんなって」

全生徒が集会場に戻ってきた頃には、太陽は一度も顔を見せないまま山の向こうに沈んでいた。

結局、誰もタイムリミットには間に合わなかった。

生徒たちは制裁として、施設に着いてすぐに集会場での筋トレの刑に処された。腕立て五十回、腹筋五十回、スクワット五十回をそれぞれ三セット。

僕は鼻血が止まらなかったお陰で特別に刑を免除され、代わりに保健室に行く許可を与えられた。

管理棟の一階にある保健室に入っていくと、還暦にはギリギリ達してないという感じの女医さんとアギーがいた。

ベッドに横たわるアギーのことを、女医さんはベッドサイドに立って濡《ぬ》れた瞳《ひとみ》で見つめていた。

見てはいけないものを見てしまったような気がして入口で立ちすくんでいると、アギーが僕に気づいて、ハーイ、といった感じで手を上げた。

そして、僕の様子をマジマジと見て、わざとらしく眉間《みけん》のあたりを曇らせながら言った。

「ずいぶんハードなことをやらされてるみたいだな」

女医さんは僕にちらっとだけ視線を走らせたあと、すぐにアギーを見つめ直し、誓いの言葉を口にした。

「あなたには絶対にあんな目に遭わせませんからね。大丈夫ですよ、命にかけても教師たちの好きにはさせませんから」

アギーは、センキュウ、といった感じでうれしそうに目を細めた。ビームを発射された女医さんは、ウフ、といった感じで微笑んだ。

鼻血のしずくが、ポタリ、といった感じで床に落ちた。

女医さんは僕の存在を完全に忘れて、アギーとの二人の世界に浸っていた。

ギフトを持つ者と持たざる者。

持たざる者の鼻血なんて、取るに足らないことなのだ。

この世界は、思った以上にタフだ。

恋煩いでボーッとしている女医さんから、ごくごく簡単な応急処置を受けて集会場に戻ると、ちょうど筋トレの刑が終了したタイミングだった。

地面にぐったりと横たわっている生徒たちの姿は、僕に『プライベート・ライアン』のオープニングに出てくるオマハビーチの惨状を思い起こさせた。

元気ハツラツの猿島は跳ねるようにして朝礼台に乗り、自分が創造したマスターピースを眺めて満足そうに微笑んだあと、叫んだ。

「明日も四時間での踏破を目指す！　開始時刻は午前七時！　以上！」

5

午後十時に消灯時間が訪れると、K班のみんなはすぐに、泥のように眠りに落ちた、わけもなく、極度の疲労で神経がオーバーヒートして、逆に目が冴《さ》えてしまっていた。

「俺、明日死ぬ自信がある」

暗闇の中に、井上のよれよれの声が浮かんだ。

俺も、という同意の声があちこちから上がった。

「俺、今日気づいたことがある」

郭の声がふらふらと漂った。

「猿島って、ただの傷害犯だよな。教師って肩書きがあるから許されてるけど」

そのとおりだ、という同意の声がまたしてもあちこちから上がった。

「こんなのほかの生徒の親が許すわけねぇよ」と井上は言った。

「おまえんとこの親は？」と郭が突っ込んだ。

「うちの親は許すな」井上は即答した。「逆に、学校にお礼を言うかも」

うちも、という切ない同意の声があちこちから上がった。

井上は無念そうに総括した。

「結局、学校側のやりたい放題かよ」

それから、みんなは《もしものコーナー》を始めた。

「もしも猿島が突然死してくれたら」とか、「もしもこの合宿が夢だったら」とか、「もしもうちの学校が突然共学になったら」とかいうお題を出し合い、もしもそうだったらどんなに素晴らしいだろう、というのをただ確認し合うだけのことなのだけれど、みんなはそんなふうにしてかすかに明日への希望を繋《つな》いでいた。

僕はみんなの会話をぼんやりと聞きながら、ずっと同じ質問を自分に投げ掛けていた。

どうして俺はこんな場所にいるんだ？

こんなクソみたいな目に遭いながら我慢して三年間通い続けたとしても、明るい将来なんて望めるわけもない。

なのに、どうして俺はこの学校をやめないんだ？

確かに、舜臣や萱野や山下やヒロシと一緒にいるのは楽しい。でも、みんなには学校以外の場所でだって会える。たとえば、僕がほかの学校に行ったとしても、みんなとの友情が消えてなくなるわけじゃない――。

まさかいまの学校に満足してるわけじゃないだろ？

僕の父親の声が頭の中で蘇《よみがえ》った時、突然、それをかき消すかのように、スピーカーからサイレンが鳴り響いた。

みんなは反射的にベッドから飛び起きた。

猿島の怒声が闇を切り裂いた。

「三分以内に前庭に集合！　一秒でも遅れた者が出た場合は、その者が所属する班の連帯責任として班員全員に制裁を下す！　以上！」

僕たちが前庭に着くと、すでに正門のそばでうなだれながら正座をしている五人の生徒たちがいた。

五人には外灯の光がスポットライトのように当たっていたので、寝間着やジャージではなく学生服を着ているのが、すぐに分かった。

前庭に集合したほかの生徒たちにも、猿島から正座の命令が下された。

僕たちは事態をまったく呑《の》み込めないまま、閉ざされた門扉に相対する形で正座をした。外灯に照らされ鈍く光る門扉は、まるで監獄の鉄格子みたいに見えた。

五人の生徒たちは猿島の指示で立ち上がり、門扉の前に一列で並んだ。ほかの生徒たちが一斉に五人を見上げると、彼らは耐え切れないように視線を地面に落とした。

猿島が五人の前にゆっくりと歩み出た。そして、僕たちを睨《にら》みつけるようにして、言った。

「先ほど、この連中は合宿所からの脱走を図った。だが、幸いなことに発見が早く未遂で終わった」

猿島は挑発するような笑みを顔に薄く浮かべ、続けた。

「こいつらは、こんな低い門も越えられなかった。この甘ったれのフヌケどもは、誰かが親切にカギを開けてくれるとでも思ったんだろう」

五人の生徒たちは顎《あご》が胸についてしまうぐらいに、深くうなだれた。

猿島は顔から笑みを消し去って、続けた。

「脱走がもし成功していた場合、近隣住民に迷惑を掛けるなどして、我が校の名誉を著しく傷つけたであろうことに疑いの余地はない」

近隣住民？　こんな山奥のどこに？

「よって、この連中には厳しい処罰が下されるが、こいつらの計画を未然に察知して防ぐことのできなかった、ほかの班員も同罪だ。同じ班の者、立て！」

七人の生徒が、恐る恐るといった感じで立ち上がった。

「前に出て来い！」

十二人が勢揃いしてすぐ、猿島の制裁ショーの幕が上がった。

ビンタ、足払い、膝蹴《ひざげ》り、頭突きなどの技が次々に繰り出された。

僕たちは十二人の人間から発せられる短い悲鳴とうめき声を、しばらくのあいだ聞き続けることになった。ほとんどの生徒は深くうなだれ、せめて惨劇が目に入らないようにしていた。

僕の近くから、誰かが発した、か細くて無気力で無表情な声が聞こえてきた。

「地獄だ……」

一時間ほどで制裁ショーから解放された僕たちは、正座で痺《しび》れた足を引きずるようにして部屋に戻っていった。

ベッドに横たわっても、眠れるわけがなかった。かといって、《もしものコーナー》が始まるわけでもなかった。かすかに残っていたみんなの希望は、いまや完全に潰《つい》えてしまっていた。

「俺、この訓練が終わったら、学校やめるわ」

暗闇に、井上の切実な声が染み渡った。

俺も、という同意の声があちこちから上がった。

「今度こそ真面目に勉強して、共学に入り直すよ」

俺も、という同意の声があちこちから上がったけれど、どれもが力のない響きだった。

みんな分かっているのだ。一度学校をやめてしまったら、どの学校にも二度と戻らないことを。

重苦しい現実が、みんなを押し潰《つぶ》そうとしていた。目の前に広がる闇がみんなの言葉を奪い、沈黙さえもが僕たちの無力を責め立てようとし始めたその時、かすかな光を帯びた声が響いた。

「ダメだよ」

僕たちは聞きなじみのない声に戸惑いつつ、耳をすませた。

野口は少しの間を置いて、続けた。

「やめたら、あいつらの思うツボだ」

みんなは次々にベッドから起き上がり、闇に目を凝らして野口のほうを見つめた。

「あいつらって誰のことだよ」とヒロシが訊《き》いた。

野口はゆっくりとベッドから降りて、窓のほうに歩いて行った。そして、カーテンを開けたあと、僕たちに向き直った。窓の外から淡い光が射し込み、野口の姿が窓枠に浮かび上がっているように見えた。

「今回の団体訓練が急に決まった理由はなんだと思う？」

「風紀の乱れだろ」と井上が答えた。

「俺たちを鍛え直すため」と郭が続けた。

「それは表向きの理由だよ」野口はきっぱりと言った。「ほんとの理由はぜんぜん違う」

「どうしておまえがほんとの理由を知ってんだよ」と井上は訊いた。

「僕の父親が誰だか忘れたの？」野口は自嘲《じちょう》気味に答えた。

井上は、そっか、そうだったな、と素直に納得した。

「ひと月ぐらい前、団体訓練のほんとの理由を僕の父親が酔っ払って僕の母親に話してるのを偶然聞いたんだ。みんなは二学期に入ったら、新しい体育館の建設工事が始まるのを知ってるだろ？」

なんだそれ、といった感じの雰囲気が一気に広がった。

野口は少し呆《あき》れたように、言った。

「みんなの家に、寄付金を募る知らせが学校から届いてるはずだけど」

知らねーよそんなもん、といった逆ギレの雰囲気に変わった。

「いいから先に進んでくれ」と僕は言った。

野口は小さくうなずいて、続けた。

「とにかく、学校側は古い体育館を取り壊して、新しく建て直すことにした。それに、これはまだ発表されてないけど、来年には土地を買い足してグラウンドの拡張工事もする予定なんだ。学校のすぐそばに印刷工場の跡地があるだろ？ あの土地を買うんだ」

「なんで体育館やグラウンドなんだ」ヒロシが声を上げた。「そっちより先に校舎のほうをデカくすべきだろ。俺たちはブロイラーみたいに教室に詰め込まれてるんだぜ」

みんなから、そうだそうだ、という怒りを含んだ同意の声が上がった。

「校舎をデカくする必要なんてないんだ」と野口は冷静な声で言った。「だって、生徒の数はこれからどんどん減ってくんだから」

たぶん、部屋が明るかったら、みんなの頭の上に浮かんでいる「？」マークが見えていたことだろう。

「そういうことか」舜臣が真っ先に答えに辿《たど》り着いた。「だから、急に手入れが増えたんだな」

「そのとおり」と野口は応《こた》えた。「さすがに理解が早いね」

「俺たちにも分かるように説明してよ」と山下が言った。

野口はうなずいて、言った。

「少し話を戻すよ。体育館を建て直すにもグラウンドを拡張するにも、当然先立つものが必要になってくる。この何年か、学校側は計画のために保護者やOBたちから寄付を募ったけど、なかなか思うようにお金が集まらなかった。そうなると、学校側の打つ手はひとつしかない――」

僕にも粗筋が見え始めていたので、言葉の続きを引き取った。

「生徒数を増やして、入学金と授業料で儲《もう》ける」

野口が補足した。

「うちは私立だから、受験で金を儲けたってなんの問題にもならない」

みんなの頭の上にまだ薄く「?」が残ってるようだったので、僕も補足した。

「学校側は今年、例年より200人分も多い入学金と授業料を手に入れたわけさ。でも、それを学校運営のコストとして使ったら意味がない。できれば手つかずで残して、体育館とグラウンドのために使いたい。そのためにはどうすればいいか、分かるだろ？」

「200人の生徒をやめさせればいいわけか」とヒロシが言った。「簡単な引き算だな」

「だから、やたらと手入れをして停学を食らわせて、自主退学に追い込んでる」と舜臣は言った。

「入学から二ヵ月で、もう80人近くがやめたみたいだよ」と野口が言った。「残りはあと120人。いや、115人かな。脱走に失敗したさっきの連中はたぶん退学処分になるはずだからね。とにかく、新入生たちが学校に居座れば居座るほど、お金は減っていく。学校側は一気にカタをつけようと思った。だから、団体訓練の名を借りたイジメが決まったんだ」

「ちくしょう」と井上は言った。「さっきやめるとか言った自分が情けないぜ」

「そう思うのは当然だよ」野口は思いやりのこもった声で言った。「みんなを苦しませて、学校をやめさせるためだけに考え出された訓練なんだから」

部屋の中に行き場のない怒りが充満しつつあった。

「でも、学校側はどうして体育館とかグラウンドのことにそんなに必死になってるの？」と萱野が訊いた。「そこらへんがよく分かんないんだけど」

「学校を潰さないためさ。少子化でどんどん子供の数が減ってるから、レベルが低くて人気の無い私立は近い将来に経営が立ち行かなくなる可能性がある。じゃ、手っ取り早くレベルと人気を上げるにはどうすればいいと思う？」

「スポーツで有名になること」とヒロシが受けた。「そうすればイメージがアップして、自然と優秀な生徒も集まってくるようになる」

「正解。そのためには、当然だけどスポーツの施設を充実させなきゃならない。そうしないと、スポーツ特待生たちも入ってこないだろ」

「俺たちは捨て石ってことかよ」と郭が悔しそうに言った。

「でもさ、生徒を無理にやめさせようとするなんて、学校っていう組織にとってはかなりリスクの高いことだろ」と井上は怒りのこもった声で言った。「ばれたらそーとーヤバいことになるんじゃねーの」

「証拠なんてどこにもないじゃないか」野口はきっぱりと言った。

「俺たちが知ってるじゃん」と井上は追いすがった。

「僕たちの言うことに、誰が耳を傾けてくれると思う？」

どこからも反論の声は上がらなかった。

野口は追い討ちをかけた。

「僕の父親は言ってたよ。わざと成績の悪い生徒を200人選んで入学させたって。そういった生徒は停学や退学になっても、本人も親も自分たちを責めて、文句を言ってこないから安心なんだって」

子供の頃から時間を掛けて植えつけられた《勉強ができない》という劣等感と罪の意識が汚いカラクリに利用され、さらに深く根付いていく。僕たちの言葉が彼らを救えるかもしれないのに、声を上げることさえ叶《かな》わない。

ヒロシが僕たちの気持を代弁した。

「教師たちはみんなこのことを知ってるはずだろ？　なのに黙ってるのかよ」

野口はまるで自分を恥じるように目を伏せて、言った。

「教師なんて、ただのサラリーマンさ。サラリーマンは自分が勤める会社の不正を知ったって、声を上げる勇気なんて持ってない。余計なことを口走ってクビになるのも怖いだろうしね。それに、会社が潰《つぶ》れたら困るから、多少の犠牲はやむを得ないって思ってるよ、きっと。だから、たいていの教師は見て見ぬ振りさ。分かりやすく罪を背負ってる分、猿島はまだマシだよ」

僕たちはへらへらと笑った。

笑うしかなかった。

僕たちは、猿島がマシな人間だと思えるようなシステムの中で生きているのだ。

突然、下の階から、おまえらいつまでおしゃべりしとるんだ！　という猿島の怒声が響いてきた。

僕たちは笑いを収めた。

「結局のところ、俺たちはどうすればいいんだ？」

そう訊《き》いた井上の声には、これまでになかった切実さがこもっていた。

野口は少しのためらいのあとに、答えた。

「どんなことがあっても学校をやめないこと。どんなにイジメられても学校に居座り続けること。それだけが僕たちのできる唯一の抵抗だよ」

耳に痛いような沈黙が流れた。

圧倒的な敗北感と無力感を嚙《か》み締めるには充分な静けさだった。

そして、自分たちを憐《あわ》れむための静寂でさえ、猿島の声にかき乱された。

「さっさと寝ろぉ！」

声はすぐ近くまで迫っていた。

野口がベッドに戻る前に、カーテンを引いた。

部屋が、再び闇に閉ざされた。

6

午前五時にサイレンが鳴った。

僕たちは五分のタイムリミットで、集会場に集合させられた。

集会場には、生徒たちの睡眠不足と疲労と憂鬱《ゆううつ》が色濃く漂っていた。

空は昨日と同じように薄暗い雲に支配されていて、今日も太陽の姿を拝めそうもない感じだった。

すぐに国旗掲揚と『君が代』斉唱の儀式が始まった。

みんなの歌声にはまったく生気がなく、歌が進むにつれ、徐々に沈鬱なムードが集会場を覆っていった。

歌が終わりに近づいたあたりで、生徒同士の揉《も》め事が起こった。

二人の生徒がお互いの胸倉を掴《つか》んで、ガンを飛ばし合っていた。

僕は片方を知っていた。

堀越という奴で、レゲエ好きのナンパ野郎として有名だった。

堀越が声を上げた。

「きさま、なんで歌わないんだ！」

僕には堀越の気持が理解できた。

このシリアスな状況をサヴァイヴするために、手っ取り早く拠《よ》って立てる強い信念が必要になったのだろう。追いつめられ、苦しくて、でも、ここから出て行けないのなら、ここにいる意味を強引にでも見つけて環境に順応すればいい。そうすれば、これ以上ひどく傷つかずに済む。

猿島は二人を強引に引き離したあと、歌わなかったほうに強烈なビンタを見舞った。堀越は軽く睨《にら》みつけられただけで事なきを得た。これが適者生存の理《ことわり》というやつだ。生徒たちのあいだに、堀越に対するシンパシーと、歌わなかったほうに対する反感が広がりつつあった。決して生まれるはずのなかった暗い競争心が、ところどころで芽吹き始めていた。

僕は生徒を取り囲むように立っている教師たちを、一人一人見ていった。

意図はしなかったはずだけれど、結果的に生徒たちの心をもてあそぶことになった大人たちの顔をしっかりと見ておきたかったのだ。

近い将来に、自分がそんな大人にならないために。

ほとんどの教師は足元に視線を落としたり、そっぽを向いたりして、この場で起きているあらゆることから目を背けようとしていた。

ただ一人、米倉だけがまっすぐの姿勢で僕たちのほうを見つめていた。

その時の僕の目には、米倉が見て見ぬ振りさえしない無神経な教師に映っていた。

米倉と目が合った。

僕は軽くガンを飛ばしたあと、視線をそらした。


まずい朝ごはんを食べるのに三十分、登山の準備をするのに三十分もらえた。

ゆうべ洗濯したジャージは当然乾いてなかったので、僕たちはTシャツと短パンで登山をすることになった。

予定どおり一秒の狂いもなく、午前七時に登山訓練がスタートした。

昨日みたいに雨は降っていなかったけれど、相変わらず山道はぬかるんでいて、滑りやすくなっていた。

僕たちは何度も滑って転び、全身泥パックのような状態で山を登らなければならなかった。

山道を行く生徒たちの派閥は真っ二つに分かれていた。

堀越にシンパシーを感じた奴と、そうでない奴。

簡単に言えば、やる気のある連中と、ない連中。

やる気のある連中は四時間以内の踏破という高い目標に向かって歯を食いしばり、どんどんと前に進んでいった。僕の父親が言ったように、彼らの時間はきっと速く過ぎていっているに違いない。

一方、やる気のない連中の時間は、かつてないほどにノロノロと過ぎていた。捻挫《ねんざ》をしたり、ゲロを吐いたり、心が折れたりで、みんなの足はやたらと止まりがちだった。

猿島は足を止めた連中に、容赦なく竹刀を振り下ろした。

「我が校の面汚しどもが」

そんなふうに吐き捨てられても、叩《たた》かれた連中の顔には一切の感情が浮かんでいなかった。

やる気のない連中も、とうとうサヴァイヴする方法を見つけたのだ。

簡単だ。

思考を停止すること。

K班のみんなの足は一度も止まらなかった。かといって、先を急いでもいなかった。
僕たちは言葉を交わすことなく、黙々と前に進んだ。
みんなの思考は停止していなかった。
そのことが僕にはよく分かった。
そして、みんながなにを考えているのかも。
猿島はそんな僕たちの様子を見ると、不審な素振りを隠そうともしなかった。
「おまえら、なにを企《たくら》んでんだ。あ?」
猿島は竹刀の先で僕の胸を小突いて、そう訊いた。
「なにも企んでませんよ」と僕は本当のことを答えた。
ゆうべの野口の話を聞いてしまった以上、足を止めるわけにはいかなかっただけだ。
ただ、教師たちに弱みを見せたくなかっただけだ。
僕は、続けた。
「それより、そのウンコ色のカッコいいランニング、どこで売ってるんですか?」
猿島は竹刀をフルスイングさせて僕を十発叩いたあと、低い声で言った。
「絶対に追い出してやるからな」
その言葉は、K班全員の耳に届いていた。

僕たちはまだ心のどこかで、もしかすると野口の話がウソなのではないかと思っていた。僕たちを取り巻く世界が、そこまで残酷なわけがないと。

でも、猿島の言葉が、僕たちを本当の答えへと導いてくれた。

僕はへらへらと笑った。

猿島は不気味そうに少しだけ顔を歪《ゆが》め、舌打ちをしたあと、僕のそばから離れていった。

僕は痛みを堪《こら》えながら、歩を再開した。

ヒロシがそばに近づいてきて、僕の肩をぽんと叩いた。

僕がよろけると、舜臣の手が背中を支えてくれた。

萱野がポケットに隠し持っていたキャラメルをくれた。

井上と郭は僕を見て、へらへらと笑った。

僕がへらへらと笑い返した時、突然、左上のほうから、ドドドドドドッ、という音が聞こえてきた。

僕たちは音がするほうへと一斉に視線を向けた。

黒くて大きな物体が、山肌を転げ落ちてきていた。

一瞬、落石かと思ったけれど、違った。

その物体の正体は、猛スピードで僕たちのほうに突進してきているイノシシだった。

イノシシは、矢吹丈が少年院を脱走しようとした時に乗っていたブタぐらいの大きさだった。要するに、人が乗れるぐらいの、かなりのデカさということだ。

僕たちは生命の危険を感じ、咄嗟《とっさ》に身を隠す場所を探そうとしたけれど、結局のところ、その必要はなかった。

イノシシはある特定の人物に向かって、迷うことなくダッシュしてきているだけのことだった。

すぐにそのことに気づいたある特定の人物は、ありったけの声で叫んだ。

やだぁぁぁぁぁぁ！

拒絶の甲斐《かい》もなく、次の瞬間、イノシシは一切減速することなく山下のお腹に激突した。

山下の体は逆Cの字に折れ曲がりながら三メートルほど宙を飛んだあと、斜面をバウンドしながら転げ落ちていった。

仕事を終えたイノシシは、何事もなかったかのようにUターンして、来た道を元に駆け上がっていった。

山下の姿は下方に消えてしまったけれど、山下の叫び声は赤城山脈に大きくこだましていた。

K班の十一人は全員が膝《ひざ》から崩れ落ち、山道を転げまわるようにして笑った。

僕たちは笑いのビッグウェイブが収まるまで、窒息死の危険と闘いながら笑い続けた。

「レスキューだ！」

ヒロシが楽しそうにそう言ってすぐ、僕たちは迷うことなく危険な斜面を駆け降りていった。

一心不乱に駆けている僕たちの誰もが、疲れや痛みや恐怖の存在を忘れ去っていた。

僕たちは、進むべき道を見つけたのだ。

愛してるぞ、山下。

僕は跳ねるように駆けながら、胸の中でそうつぶやいていた。

山下の救出に時間が掛かったせいもあって、当然のごとくK班はタイムリミットに間に合わなかった。

僕たちは筋トレの刑に処された。

集会場では、全生徒が苦しそうに筋トレをやっていた。

結局、やる気のある連中も、誰一人として成功しなかったのだ。

何人かの生徒は悔しそうに涙を流していた。

その中には、堀越の姿もあった。

生徒たちの中には、彼らを見て、ざまぁみろ、といった感じのバカにした笑みを向ける奴もいた。

僕は彼らを見て、笑ったり蔑《さげす》んだりしなかった。

もう分かってる。

彼らは敵なんかじゃない。

敵は、ほかにいる。

7

着替えと昼食のために、一時間が与えられた。

たまりにたまった疲労のせいで食欲がない上に、配られたふたつのおにぎりは見るからにまずそうだった。

僕たちは文字どおりサヴァイヴするためだけに、おにぎりを無理やり口に運んでいたけれど、山下だけは本当においしそうにバクバクと食べていた。

山下は僕たちの呆《あき》れた視線に気づいて、言った。

「さっき死にかけたからね。なに食べてもおいしいよね」

野口が山下に近寄り、手つかずのおにぎりを差し出しながら、言った。

「僕の分も食べてよ」

山下は戸惑いつつもおにぎりを受け取った。

「いいの？」

野口は、かすかに微笑んで、うなずいた。

山下は絆創膏《ばんそうこう》だらけの顔をクシャッと綻《ほころ》ばせて、ありがと、と言った。

野口は誰にともなく、トイレに行ってくる、とつぶやき、部屋を出ていった。

野口の背中がドアの向こうに消えたあと、僕たちは自然と無言で視線を交わし合った。

山下だけが視線の会話に加わらず、絆創膏の隣に米粒をつけながら、おにぎりをパクついていた。

再び僕たちの呆れた視線に気づいた山下は、どったの？　といった感じの表情を浮かべた。

僕はおにぎりをひとつ山下に放って、言った。

「いいから腹いっぱい食え」

午後二時から、《スポーツ研修》という名のシゴキが始まった。

降り始めた小雨の中、陸上競技場に連行され、まずは一五〇〇メートル走をやらされた。

トラックを走る僕たちの姿を傍《はた》から見たら、まるでゾンビの群れに見えたことだろう。

　持久走を終え、半ばゾンビ化してぐったりとフィールドに横たわる生徒たちに、五秒以内に立ち上がれぇ！　という猿島のどしゃ降りのような声が降り注いだ。

「いまから反射神経の訓練を行う！」

　なんのためにそんなことをするのか、の説明は当然なかった。

「二人一組になって、向かい合って立て！　間隔は五〇センチぐらいだ！」

　僕は野口とペアを組んだ。

　いったいなにをさせられるんだろう、といった戸惑いが生徒たちに広がる中、猿島の指示が飛んだ。

「お互いにパンチを出し合え！」

　戸惑いが消えることはなかった。

「さっさとやれぇ！」

　猿島の一番近くにいたペアの一人が声にビビって、思わずパンチをパートナーに繰り出してしまった。なんの警戒もしていなかったパートナーは、パンチをモロに顔に食らった。

　ゴツンという鈍い音がフィールドに響いた。

猿島は大きく舌打ちしたあと、吠《ほ》えた。

「反射神経の訓練だって言っとるだろうが！　よけないでどうする！」

ようやく訓練の意図を理解した生徒たちは、恐る恐るといった感じで、ゆっくりとしたパンチをパートナーに向かって出し始めた。

猿島が竹刀を地面に思い切り叩《たた》きつけた。

「本気でやらんかぁ！」

フィールドのところどころから、ゴツンゴツンという音が鳴り始めた。

みんな疲れ果てていて、よけるどころではないのだろう。

猿島はK班のそばに陣取り、あからさまに僕たちの監視を始めた。

僕は本気のパンチを野口に繰り出し続けた。

猿島が怖かったからじゃない。

制裁の名目で猿島に殴られるより、僕に殴られたほうがマシだと思ったからだ。

K班のほかの連中もパートナーに対して同じ思いを抱いていたようで、僕たちのまわりだけが異様に熱を帯びた雰囲気になっていた。

僕も殴られる覚悟はできていたけれど、野口はまったくパンチを出そうとせず、ただ必死にディフェンスだけをしていた。

僕のパンチは何度か野口の額や腕にまともに当たり、鈍い音を立てた。

猿島は消化不良な結果に、不機嫌そうに僕たちのそばから離れていった。

入れ替わりに、野口シニアがやって来た。

野口シニアは僕を突き飛ばして野口の前に立ったあと、手加減のないパンチを出し始めた。

野口は足を完全に止め、ただ両腕を顔の前にかざしただけの体勢でパンチを受け続けた。

時々、野口シニアのこぶしが両腕のあいだをすり抜け、野口の顔面にモロにぶつかった。

野口の鼻と唇から血が流れ始めた。

パンチが顎先《あごさき》に入り、野口が思わず膝《ひざ》をついてしまったのをきっかけに、ようやく野口シニアの攻撃が止んだ。

疲れて、息を切らせた野口シニアは、この臆病《おくびょう》もんが、と捨てゼリフを吐いたあと、僕たちのそばから離れていった。

野口シニアには、なにも見えていないらしい。

野口はまったく怯《おび》えていなかった。

そばで見ていた僕には、それがよく分かった。

野口は一度だって飛んでくるパンチから目をそらしていなかった。

訓練は休みなく三十分ほど続いた。

時々、ゴツンという音に混じって、おらぁ、とか、ぶっ殺すぞ、という生徒たちの声が上がった。

猿島が終了の号令を掛けた時、フィールドには一触即発の険悪な雰囲気が渦巻いていた。たぶん、うんざりするほどの疲労が蓄積していなかったら、収拾のつかないようなバトルが多発したに違いない。

そういえば、学友に対する思いやりの心情を存分に養って欲しい、って誰かが言ってたっけ。


午後五時。

生徒たちは管理棟の中にある講堂に詰め込まれ、講話という名のお説教を食らった。

学年主任は僕たちがどんなにたるんでいるかを滔々《とうとう》と語り、生活指導部長はいまのところまったく訓練の成果が見えてきていない、嘆かわしい、と熱っぽく語ったあと、最後に、団体訓練の毎月の実施が可能かどうかいま学校長と話し合っている最中、と付け加えた。

それが事実かどうかは別にしても、ブラフとしては最大限の効果を発揮した。

講堂の中に、一瞬にして絶望が広がった。

登山や持久走で肉体を痛めつけ、友人との殴り合いをさせて心を歪《ゆが》ませ、そして、最後にコーナーに追いつめ、こんなふうに囁《ささや》いているのだ。

ギブアップしてリングを下りたほうがいいぞ。

まったく狡猾《こうかつ》なやり口だった。

いま、みんなはこんなふうに思っているはずだ。

こんな目に遭ってるのは、俺がポンコツなせいだ。

ついていけないのは、俺がオチコボレなせいだ。

僕は、隣に座っている野口を見た。

野口は両方のこぶしを握り締め、前方を睨《にら》みつけていた。

いまにも立ち上がり、なにかを叫び出しそうに見えたけれど、結局、野口が動き出すことはなかった。

野口はこぶしをほどき、力なくうなだれた。

ゆうべの野口の言葉を思い出した。

僕たちの言うことに、誰が耳を傾けてくれると思う？

確かに、そのとおりかもしれない。

でも――。

講話の時間が終わった。

猿島は壇上に駆け上がり、マイクを通さずに叫んだ。

「明日の最終登山は三時間での踏破を目指す！　死ぬ気でがんばれ！　死ぬ気になればなんだってできる！　以上！」

8

野口は、晩ごはんもほとんど口にしなかった。

部屋に戻ると、すぐにベッドに入り、毛布を顔までかぶるようにして寝てしまった。

消灯時間が訪れ、宿泊棟は死の静寂と呼んでも一向に差し支えのないような雰囲気に包まれた。

聞こえてくるのは、一時間周期で廊下に響き渡る猿島の足音だけだった。

猿島の野郎、いったいいつ休んでるんだろう、あいつの脳内ではきっと特殊なドラッグが生成されてるに違いない、なんてことを考えながら眠気と闘い、その時を待った。

明かりが消えて二時間ほどが経った頃、野口は静かに起き上がった。そして、音を立てないようにゆっくりとベッドから降り、忍び足でドアへと歩いていった。

野口の手がノブに掛かった時、僕は言った。

「どこ行くんだよ」

野口の手がノブから離れるまで十秒ほど待ったあと、僕はベッドから降りて、窓際に向かった。

カーテンを開けると、みんなが次々にベッドから起き上がった。

野口は振り返ろうとはせず、ドアに向いたままだった。

僕はもう一度、訊《き》いた。

「どこに行くんだよ」

野口は独り言のように、言った。

「行かなくちゃいけないんだ」

「建物の出入口にカギが掛けられてるの、知ってるだろ」

ゆうべの脱走騒ぎのせいだった。

僕は続けた。

「門にもカギが掛かってて、まわりは高い壁で囲まれてる。どうやってここを出てくんだよ？」

「それでも、行かなくちゃいけないんだ」

野口の声には、強い意志がこもっていた。

束の間の沈黙のあと、舜臣が言った。

「おまえはどこにも行けねぇよ」

野口はようやく振り返った。

薄い暗闇の中で、野口の目がほのかに光っているように見えた。

「僕が捕まって、とばっちりを受けるのが怖いんだろ?」

舜臣がベッドから降りて僕の隣に立ったあと、首をゆっくりとまわした。

コキコキという音が鳴った。

「誰が怖いって?」

ヒロシはベッドから出て野口に近寄り、野口の肩を優しく叩《たた》いた。

「やるからには成功しないとね」

野口の戸惑いが部屋を覆った。

「逃げる時は俺たちも一緒だよ」と萱野は言った。「同じ班でしょ?」

残りのみんなが低い声で、俺たちを置いてくなんてずるいぞ、とか、死ぬ時はみんな一緒だ、とか、縁起でもないこと言うな、といったようなことを次々に口にした。

戸惑いが消えた。

代わりに、野口のすすり泣く声が低く小さく響き始めた。

ゆうべに本当の答えを知ってしまってから、僕たちの目の前には、ずっとふたつの選択肢が突きつけられていた。

しょうがないよね、世の中なんてこんなもんだから、と諦《あきら》めてしまうか。

ふざけんな、絶対に許さねぇ、と世界に牙《きば》を剝《む》くか。

どちらを選ぶかなんて分かり切っていたけれど、僕たちにはスターターピストルの引き金を引いてくれる誰かが必要だった。

僕たちはスタートラインには立っていたものの、どのタイミングで飛び出して良いのか、分からなかったのだ。

僕たちはいまだかつて、世界を相手に闘ったことがなかったのだ。

だから、僕たちは暗闇の中で、ただひたすら野口が動き出してくれるのを待っていたのだ。

僕たちは野口が泣き止むのを、辛抱強く待った。

野口は時折、僕は運動が得意じゃないから、とか、父さんの期待に応《こた》えられなかったから、と言ってはしゃくり上げた。

僕たちには野口の気持が痛いほど分かった。

野口は僕たちで、僕たちは野口なのだ。

泣き止んですぐ、野口のお腹がグーと鳴った。

良いサインだった。

脳が本気でサヴァイヴしろと命令している。

山下は枕の下に手を入れたあと、ベッドから降り、野口に近づいた。そして、おにぎりを差し出して、言った。

「はい、秘密の夜食」

野口が再び泣き止むまでに、十分も掛かった。


猿島の夜警に気をつけながら、みんなで脱走のプランを練った。

とはいっても、難しい話じゃない。

要は、どうやって宿泊棟から出るか。

問題はふたつ。

カギの掛かった建物の出入口と、正門の門扉。

壁を爆破できたらいいよねぇ、とか、屋上からハンググライダーでどこまでも飛んでいくってのはどう、とか、脱走トンネルを掘るのはどうよ、といったような実現不可能な案ばかりが出てきたので、僕は言った。

「俺にちょっと考えがあるんだけど、作戦を任せてくれないかな」

みんなから快くオーケーをもらえた。

「ゴールはどこにする？」と井上がみんなに向かって問い掛けた。

短い沈黙が流れたあと、みんなの口から同じ答えが出てきた。

やっぱ家かな。

オヤジに殴られるだろうけど家だな。

家に帰りたいな。

数ヵ月前まで中学生だった僕たちに、家以外に帰れる場所などなかった。

僕はゴールの設定を了解し、みんなを必ず家に帰らせる計画を練ることを約束した。

とりあえず、決行は明日の夜、ということだけを確定して作戦会議を打ち切り、明日のために眠ることにした。

僕はカーテンを閉じて、ベッドに戻った。

再び訪れた静寂の中に、ありがとう、という野口の声が漂い、すぐに消えた。

しばらくすると、みんなのかすかな寝息やいびきが聞こえてきた。

僕は眠れずに、何度も寝返りを打った。

眠れないのは作戦を練っていたからでも、作戦隊長になった重圧からでもなかった。

作戦会議の最中に、僕の頭にふと浮かんだ保険が原因だった。

まさかいまの学校に満足してるわけじゃないだろ？

みんなと行動をともにしたいと思っている気持には、一点の曇りだってない。ひとかけらの迷いだってない。

だからこそ、僕はみんなと同じリスクを背負いたかった。

みんなは脱走をすることによって生じるリスクを、きちんと理解しているはずだった。

だからこそ、僕の父親が用意している出来レースを保険みたいに頭の片隅に置きながら、みんなと向かい合いたくなかった。

結局、罪悪感を振り払うことができず、一睡もしないまま起床時間を迎えた。

けたたましくサイレンが鳴った。

井上がベッドから出て、カーテンを開けた。

朝の光が僕の目を激しく刺した。

タフな一日になりそうだった。

9

太陽がようやく顔を出したというのに、集会場の雰囲気はどんよりと曇っていた。

沈鬱《ちんうつ》な朝の儀式が滞りなく終わり、生徒たちは食堂への移動を命じられた。

僕と舜臣は管理棟の物陰にこっそりと移動した。

「介錯《かいしゃく》をお頼み申す」

僕が冗談めかしてそう言っても、舜臣は浮かない顔だった。

「大丈夫だよ、ちょっとしか恨まないから」

舜臣はクスリともしなかった。

僕は真面目に言った。

「時間がないから、すぱっとやってくれ」

舜臣はようやく心を決め、表情を引き締めて軽くうなずいた。

僕は両足を広げて踏ん張り、目を閉じた。

一秒後、激しい衝撃が顔面を襲った。

猿島よりも数倍強烈な舜臣のビンタが、鼻のあたりに直撃したのだ。

僕は痛みを堪《こら》え切れず、かといって声も上げられなかったので、鼻を手で押さえながら三十秒ほど地面にしゃがみ込んだ。

「大丈夫か？」

立ち上がって、舜臣のことを見た。

涙目になっていたせいで、心配そうな舜臣の顔が歪《ゆが》んで見えた。

手を鼻から離し、手のひらを見ると、見事に血で染まっていた。

一昨日《おととい》の傷がぱっくり開いてくれたみたいだ。

僕は涙を流しながら、言った。

「ばっちりだよ」

わざと鼻血を垂れ流しながら、急いで猿島のもとに向かった。

ぼんやり歩いてたら壁にぶつかってしまって、と言い訳すると、猿島の顔に不審の色が浮かんだ。

まさかこんな段階で計画が気づかれるわけはないだろう、と思いつつも、生徒たちから『野性の証明』とあだ名を付けられている猿島だけに、勘の鋭さは侮れなかった。

僕は貧血を装い、わざと足元をふらつかせた。

我ながらロバート・デ・ニーロ並みのナチュラルな演技だと自信があったけれど、スーパーナチュラルな猿島に通じるかは不安だった。

猿島は舌打ちしたあと、早く保健室に行け、と許可をくれた。登山までには戻ってくるんだぞ。

はいはい、分かってますよ。

第一関門突破。

ティッシュを丸めて鼻に詰めながら保健室に入っていくと、アギーがベッドに乗ったままの朝食の真っ最中だった。

ベッドテーブルには、カフェオレボウルやらクロワッサンやらキウイやらが載っていた。

片手で朝刊を持ち、もう一方の手でクロワッサンをカフェオレに浸していたアギーは、グッモーニン、といった感じの爽《さわ》やかなスマイルを僕に向けた。

一瞬、抱かれてもいい、と思ったけれど、そんな場合ではなかったので、すぐに思いを打ち消した。

アギーに近づいて、低い声で言った。

「二人だけで話したいんだけど」

アギーは、机に向かって書き物仕事をしているニア（もしくはオーバー）還暦の女医さんにちらっと視線をやったあと、はっきりとした声で言った。

「彼女なら大丈夫だ」

彼女と呼ばれたことで、女医さんの雰囲気が若干華やいだような気がした。漫画だったら、薔薇《ばら》の花が三つ四つ頭の上に浮かんでいてもおかしくない感じだ。

確かにこの様子なら大丈夫だろう、と思ったし、時間もなかったので、思い切って計画を打ち明けることにした。

話を聞き終えたアギーは真剣な顔で、僕に訊《き》いた。

「で、俺になにをして欲しいんだ？」

僕はわざと女医さんに聞こえるような声で相談内容を口にした。計画には施設側の人間の協力が不可欠だったからだ。

僕が相談内容を話し終えると、女医さんがすっと立ち上がってアギーを見た。

アギーは眩《まぶ》しいものでも見るように目を細めて女医さんを見つめ、薄く微笑んだ。

女医さんは小さくうなずいて、言った。

「早速手配してくるわね」

女医さんが部屋を出ていってすぐ、僕は訊いた。

「あのおばちゃん、チクったりしないだろうな」

アギーはくすんだものでも見るように顔を曇らせて僕を見つめ、言った。

「俺のことを信用してるか？」

僕は、うん、と言ってうなずいた。

「じゃ、彼女のことも信用しろ」

「分かったよ。でも、おばちゃんに任せっきりで大丈夫か？」

アギーは親指と人差し指でキウィをつまみながら、言った。

「おまえたちが山登りに出たあと、フォローしとくよ。いま動いたら目立つからな。どっちにしろ事務の女の子たちのほうにも顔を出さなくちゃならないし」

アギーはキウィを口に入れたあと、濡《ぬ》れた指をチュッチュッと軽く吸った。

抱かれてもいい、と思う前に、思いを打ち消した。

本当に恐ろしい奴だ。

「で、プライスの話なんだが」とアギーは切り出した。

「え、金取んのかよ」

アギーは眉間《みけん》に深い縦皺《たてじわ》を作った。

「チャイルディッシュ（ガキみたい）なこと言うなよ。この世界にただで手に入るものなんて、なにひとつとしてないぞ。すべてにはプライス（代償）がついてまわるんだ」

なんて悲しい哲学なんだろう。

でも、たぶん、そのとおりなのだ。

なにかを得るためには、なにかを失くさなくちゃならない。

僕はいま、鼻血を出しながら、実地にそれを学んでいる。

「分かったよ。いくらだよ？」と僕は訊いた。

三つの依頼をしたので、一件五千円の計一万五千円を要求された。アウェーなので、出張手当やらも込みの値段なのだそうだ。

どうにか粘って一万円に値切った。

東京に戻ってからの支払いを約束し、依頼したブツの引き渡しの時間を決めて部屋を出ていこうとすると、アギーがクロワッサンを差し出した。

「流した分の血を補充しろ」

僕はクロワッサンを受け取って、訊いた。

「プライスは？」

「この世界では例外も起こり得るんだよ」

アギーはそう言って、ガキみたいな顔で微笑んだ。

「ごくたまーにだけどな」


第二関門突破。

クロワッサンを口に詰め込みながら、急いで宿泊棟に戻った。

部屋に戻ると、山下が作ってくれたおにぎりが待っていた。

何角形だか分からないおにぎりを頰張りつつ、登山の準備をした。

久々の出番に張り切り過ぎの太陽のせいで気温がグングンと上昇し、午前八時には二五℃を超えた。

猿島が三時間での踏破という目標を撤回しなかったせいで、熱射病や貧血で倒れる生徒が続出し、山道はまるで逆八甲田山《はっこうださん》のような状況になっていた。

さすがの猿島も目の焦点が合わずにぐったりと横たわっている生徒をしばくわけにもいかず、山登りのペースは必然的にゆっくりとしたものになった。

徹夜だった僕は、太陽に感謝の祈りを捧《ささ》げつつ、できるだけ日陰に入りながら山道を歩いた。

夜の本番に向けて、体力を温存しておきたいK班のみんなにとってもラッキーな展開だった。

みんなは猿島に企《たくら》みの気配を気づかれないよう、細心の注意を払っていた。とはいっても、具体的には、いつものようにがんばり過ぎず、へなちょこ過ぎずといった感じでいただけのことだけれど。

ところが、猿島はどういうわけか僕たちを付けまわし、執拗《しつよう》に警戒の視線を注いでいた。

僕の脳裏に保健室のおばちゃんの顔が浮かんだけれど、もし本当に密告されていたとしたら、悠長に山歩きなどしていられるわけがなかった。

二時間ほど付かず離れずで僕たちを監視したあと、猿島はとうとう僕に近づいてきて、言った。

「おまえ、保健室で佐藤の奴となにを話したんだ？　あ？」

単なるブラフに決まってる。

手の内のカードは、ワンペアだって揃ってないはずだ。

僕はわざとめんどくさそうに、言った。

「僕が行った時、佐藤君は寝てたんですけど。保健室の先生に訊いてみたらどうですか？」

猿島は、ほぼガン飛ばしの勢いで僕の目を覗《のぞ》き込んだ。

かなりの迫力だった。まわりに仲間たちがいなかったら、弱気になって思わず目をそらしてしまい、怒濤《どとう》の追及を受けて計画が発覚してしまっていたかもしれない。

僕は猿島のガンを受け切って、言った。

「ところで、その腐ったミカン色のカッコいいランニング――」

言葉が終わる前に、猿島は両手で僕を突き飛ばした。

僕はバランスを崩して、尻《しり》もちをついた。

猿島は、僕を護《まも》るようにまわりに立っていたK班のみんなをぐるりと見まわしたあと、かすかな笑みを浮かべて、言った。

「おまえら、俺がいて良かったろ」

まったくもって言葉の意味が摑《つか》めず、僕たちは、「はぁ？」といった顔で猿島を見ていた。

猿島はなにかを恥じるように顔を歪《ゆが》めながら笑みを消し、足元に唾《つば》を吐いた。そして、かなりくたびれてきている竹刀を地面に思い切り叩《たた》きつけ、止まってないで歩けぇ！　と叫び、僕たちのそばからさっさと離れていった。

舜臣が僕に近づき、手を差し延べた。

僕は舜臣の力を借りて立ち上がり、また歩き出した。

五分ほど歩いた頃、野口が僕の隣にやってきて、一緒に歩き始めた。

野口はなにかを言いたげに何度か口を小さく開けては、そのたびに言葉を音にせず呑《の》み込むことを繰り返した。

僕はきっかけを作るつもりで、冗談めかして言った。

「猿島の奴、なんだかおかしかったな。ステロイドの副作用で、情緒不安定なのかもな」

野口は、少しさびしそうに見える笑みを薄く広げて、言った。

「三年後か五年後か分からないけど、とにかく、学校を出たあと、もしかしたら猿島がいないことをさびしく思う日が来るかもしれないって、さっき思ったよ」

「本気で言ってる？」

野口は真面目な顔でうなずいた。

「なんでそう思ったのか、理由はうまく言えないんだけどね」

「とりあえず三年後に、また気持を聞かせてくれよ。あの筋肉バカのことが恋しいかどうか」

野口は相変わらず真面目な顔で、うん、分かった、と応《こた》えた。

それから登山が終わるまでのあいだ、野口はずっと僕の隣にいたものの、時々もじもじとするだけで、本当に話したいことを話さないままだった。

下山道に入ってすぐの頃、意を決したように、あのさ、と口を開いたけれど、タイミング悪く野口シニアが現れ、結局、口は固く閉ざされてしまった。

僕は深追いをしなかった。僕たちに対する猿島の異常な警戒心を知り、計画を多少修正する必要に迫られていたので、そのことで頭がいっぱいだったのだ。

午後三時、最後の登山は多数の死傷者もどきを出して幕を下ろした。

午後二時から予定されていた《スポーツ研修》は、教師たちの緊急協議で中止に決まった。

生徒たちは特別に二時間の休憩を与えられた。午後五時からの講話は予定どおり開かれることも発表された。

みんなは宿泊棟に戻る気力もなく、集会場でぐったりと横たわったり、うなだれて座り込んだりしていた。みんなのジャージや体操着は塩が吹いて真っ白になっていた。

井上がぼそっと言った。

「みんな、死ぬ間際のE.T.みたいだな」

K班の半分がケラケラと笑った。

笑っていた僕に、山下が、どういうこと？　と訊《き》いてきたので、省エネのために、映画を見ろ、と答えておいた。

K班もあえて部屋には帰らず、集会場で死ぬ間際のE.T.の振りをすることにした。

僕は集会場から猿島の姿が消えたタイミングを見計らい、野口に計画に関するヘルプを頼んだ。

しんどいはずの依頼に、野口はなんのためらいもなくオーケーをくれた。

午後五時十五分前。

生徒たちは猿島に竹刀で小突かれたり、蹴飛《けと》ばされたりしながら講堂へ移動していった。

学年主任と生活指導部長の講話は、昨日のものをコピー＆ペーストしただけの内容だった。

死ぬほど退屈だったので居眠りをする生徒が続出し、竹刀が肩に振り下ろされる、パシン！　という音が次々に鳴った。まるで座禅タイムみたいだった。

午後六時に講話が終わり、夕食タイムが訪れた。

生徒たちがぞろぞろと食堂への移動を始めた。

僕が目でこっそり合図をすると、野口が席から立ち上がり、すぐに足元をふらつかせてしゃがみ込んだ。そして、苦しそうな声を上げながら、床にゲロを吐いた。

近くにいた生徒たちが不快そうな声を上げたり、しぶきが掛からないように飛びのいたりしたので、野口の嘔吐《おうと》はすぐに教師たちに知れ渡った。

結果として野口は保健室行きを許され、K班の残りのメンバーは床掃除を命じられた。

野口が保健室へ向かったあと、僕たちは猿島の監視下で黙々と床掃除をした。

猿島は両腕を組み、おかしいなぁ、なにかが起きてることに間違いはないんだよなぁ、という表情を浮かべながら僕たちを見ていた。

僕の目論《もくろ》みどおりに進んでいた。

僕とアギーの密会を猿島が疑っている以上、ブツを取りに僕がもう一度保健室に行くわけにはいかなかった。

猿島は野口のことをなめていたし、それに、そもそも僕たちと関係の薄かった野口が、まさか自分で指を喉《のど》に突っ込んでゲロを吐いてまでして計画に加わるとは思わないはずだった。

案の定、単細胞の猿島は計画の主体が常にこっち側にあると思い込んで、僕たちに張りついていた。猿島は僕たちがただの囮《おとり》であることに、まったく気づいていなかった。

まぁ、確かに猿島の驚異的な野性の勘は認めざるを得ないけれど、脳みそが筋肉でできている分、分かりやすい論理で誘導してやれば操れないことはないのだ。

掃除を終えた僕たちは食堂に行き、十分ほどで食事を済ませ、部屋に戻った。

野口はなかなか戻ってこなかった。

午後七時三十分、四十分、五十分とジリジリした時が過ぎていき、八時を少しまわった頃、やっと野口が部屋に戻ってきた。

手になにも持っていない野口の顔は、心なしか青ざめていた。それを見た僕の顔も、きっと青ざめていたことだろう。

野口は疲れ果てたようにベッドの縁に腰掛け、大きく息をついたあと、遅れた顛末《てんまつ》を話し始めた。

まず、代理で現れた野口のことをアギーが警戒し、信用してもらうまでに時間が掛かった。

そんなこともあろうかと、僕が念のために教えておいた、「この世界では例外も起こり得る」という言葉をアギーに伝えたところ、ようやく信用してもらえたらしい。

そして、用事を済ませて保健室を出たところで、待ち伏せていた猿島に捕縛された。

そのことを聞いた瞬間、僕たちのあいだに戦慄《せんりつ》が走った。

恐るべし、野性の証明。

談話室に連行された野口は、すぐに身体検査を受けた。

「没収されたのか？」

僕は一応そう訊いたけれど、もしブツを没収されていたら部屋に戻ってこられるわけがなかった。それに、ブツが見つかっていたら、間違いなくサイレンが鳴り響き、前庭への集合が掛かったことだろう。

野口は僕を見て、答えた。

「そもそも、ブツを持ってなかったんだよ」

ブツの引き渡しを頼む野口に、アギーはそれが当然のように、念のためにほかの場所に隠してある、と言ったあと、こう続けたらしい。

「マンキーのインスティンクト(本能)はすごいからね」

僕たちはアギーの起こした奇跡を聞いて、一斉にため息をついた。

郭は思わず、伝説の男だ、とつぶやいた。

「で、ブツはいまどこにあんの？」と僕は少し焦りながら訊いた。

野口はパンツに手を突っ込み、中から一〇センチ四方ぐらいに折り畳まれた茶封筒を取り出して、言った。

「この階のトイレの、貯水タンクの裏に貼りつけてあったよ」

第三関門突破。

封筒の封を開けて逆さにすると、カギがひとつ出てきた。

正門の門扉のスペアキー。

スペアキーをヒロシに預け、封筒の中を探った。

綺麗《きれい》に折り畳まれた紙が二枚入っていた。

一枚は、前橋市の地図のコピー。

もう一枚は、前橋駅の時刻表。

まずは、時刻表をチェックした。

上りの最終は午後十一時十七分。

次に、前橋市の地図を広げた。

施設から最寄り駅の前橋駅まで、直線距離で一〇キロメートルほどあった。

僕は焦りが顔に出ないように気をつけながら、思考をフル回転させた。

消灯時間が午後十時。

それより前に動き出すのは無理だ。

初めての道を、それも夜道を正確に進むのは骨が折れるだろう。

トータルで一五キロメートルの距離を行くと仮定して、掛かるのは一時間？　それとも、二時間？

たとえば、十時三十分から動けたとしても、上りの最終にはとうてい間に合わない。

つまり、今夜中に僕たちが群馬県から出てゴールに辿《たど》り着くのは不可能――。

みんなが僕の顔をじっと見つめていた。

僕は無理に笑顔を広げて、言った。

「いまから計画を話すね」

僕は机上の計画をみんなに話した。

――消灯後に建物から脱け出し、堂々と正門を通って、堂々と脱走するんだ。

みんなの顔にどんどんと赤みがさしていった。

――そのあと、前橋駅まで逃げて、上りの最終電車に飛び乗れば、明日の午前中にはゴールに辿り着けるよ。

僕を見つめる目は、まるで夢を見ているような眼差《まなざ》しだった。

罪悪感が僕の胸に激しく突き刺さった。

不可能なんかじゃない、と僕は胸の中で自分に言い訳をする。

とりあえず施設から脱走すれば、奇跡が起こるかもしれない。

気のいい長距離トラックの運転手に巡り合って、東京まで乗っけてもらうとか。

逃げている最中に百万円が入った財布を拾って、その金でタクシーに乗って家まで帰るとか。

カギの掛かってない自転車が十二台放置されてて、それに乗って東京まで逃げるとか。

分かってる。

そんなこと起こるはずがない。

でも、いまさら退《ひ》くわけにはいかない。

みんなにだって、不可能だなんて言えるわけがない。

僕たちはもう動き出してしまったのだ。

僕たちはここから出て行かなくちゃならないんだ。

おまえが保険を行使するためにだろ、ともう一人の僕の声が頭の片隅で響く。

違う違う違う違う、と僕は胸の中で必死に否定する。

僕が計画を話し終えると、みんなは早速脱走の準備に取り掛かった。

スポーツバッグから財布を取り出していた野口がふと手を止め、僕に近づいてきた。

「そういえば佐藤君が、頼まれたものだけでいいんだな、って訊《き》いてきたんだけど、どういうことかな？」

まったく意味が分からなかった。

見当さえつかなかった。

たとえ、その言葉に意味があったとしても、僕は罪悪感と闘うので忙しくて、それを探るどころではなかった。

僕は答えた。

「ただの確認だと思うよ」

10

午後十時。

消灯のベルが鳴った。

井上が明かりのスイッチを消した。

部屋が闇に沈み、僕たちは息を潜めた。

猿島の野性の勘に敬意を表して、念のために十分間は動かないで様子を見るつもりだった。

ジリジリするような時間が、ウスノロに過ぎていった。

一秒進むたびに、みんなの緊張とためらいが部屋にしんしんと積もっていっているように感じた。

みんなはこの脱走が行き着く先の、本当のゴールを分かっている。

もし家に辿り着けたところで、よくやったと褒められるわけじゃない。

当然学校はクビになり、また新たな居場所を探さなくてはならない。脱走なんてハンパなことをした連中を受け入れてくれる場所なんて、そうそうあるわけもない。

そして、時が経つにつれ、僕たちはこんなふうに思うようになるのかもしれない。どうしてあんなことをしてしまったんだろう？

息遣いさえも聞こえてこない重い沈黙が、部屋に満ちていた。

いま、誰かが、やっぱりやめようぜ、と声を上げたとしても、その声の主を責める奴は誰もいないはずだった。

「あのさ」

萱野が囁《ささや》くような声を上げた。

バラバラだったみんなの意識が一点に収斂《しゅうれん》していくのが、はっきりと分かった。

「俺、頭が悪くて、取り柄もないこと、自分でちゃんと分かってんだよね。あ、別にいじけて言ってるわけじゃないよ。十六年近く生きてれば、自分のことが客観的に見えてくるだろ。だから、自分がそこそこの人生を送るのが、だいたい分かるんだよね。夢を諦《あきら》めないで必死で努力しようってタイプじゃないし、そもそも、夢を追い掛けるほど暇でもないし」

萱野の父親はリストラされてアル中になったあと、人を刺して刑務所に服役していた。

萱野は生活のために、学校以外の時間のほとんどをバイトに費やしていた。

「でもさ、そんな俺でも、みんなの前ではカッコよくいたいと思うんだよね。みんなのヒーローになれそうだったら、無茶したいと思うんだよね。不思議だよね。たぶん、みんながカッコいいから影響されちゃってるんだと思うけどさ」

一秒が過ぎるごとに、みんなの緊張とためらいが消えてゆくのが分かった。

「十分経過」

タイム係の郭が、低い声で告げた。

もう、緊張とためらいは跡形もなかった。

すでに学生服に着替え終えていた僕たちは、一斉に体から毛布をはぎ取り、ベッドから出た。

僕はカーテンを開けたあと、ドアへと向かった。そして、静かにドアを開き、廊下を窺《うかが》った。

人の姿も怪しい気配もまったくなく、薄暗くて長い廊下だけがあった。

猿島がこの階に夜警に来るまでには、まだ一時間近くはあるだろう。

僕はドアを閉め、みんなに向かって手を短く振った。

みんなが一斉に動き始めた。

僕たちは、あらかじめベッドからはがしておいた十二枚分のシーツの端を、一本のロープになるようにきつく結んでいった。

静まり返った建物の中を十二人の人間が移動するのは、リスクが高過ぎる。それに、狂犬みたいな奴が徘徊《はいかい》しているし。

それなら、最短距離を行けばいい。かなりの危険はともなうけれど、僕たちが選ぶ道は障害物もないし、狂犬だって歩きまわれない。

端を結び終え、握りやすいようにロープのところどころに結び目のコブを作っている時、遠くのほうで猿島の怒鳴り声がかすかに聞こえた。

僕たちの体は条件反射的に、小さく震えた。

ちくしょう。

突き詰めれば、ちっぽけな人間が発しているただの音なのに。

僕たちは屈辱を紛らわせるために、へらへらと笑った。

「十時二十四分」と郭が告げた。

みんなが、音を立てないようにふたつのベッドをそっと窓際に運んでいる最中、僕はもう一度ドアを開けて、廊下の様子を窺った。

なんの変化もなかった。

僕たちはベッドを横に倒してぴったりと並べたあと、ふたつを束ねるようにして真ん中あたりにロープを一周させ、きつく結んだ。

重石《おもし》が完成した。

僕はそっと窓を開け、下を覗《のぞ》いた。

地面までは約一〇メートル。

月が雲に隠れているせいで底が暗く、昼間に見るよりもいっそう深く見える。

建物と壁のあいだにある、幅が三メートルほどの路地には人影はまったくなく、ひっそりとしていた。

みんなは次々に窓から顔を出し、下を覗き込んだ。

さすがに、けっこうたけぇなぁ、という雰囲気が流れた。

舜臣が独り言のように、言った。

「生物の進化は常に危険とともにある」

みんなは驚いたように舜臣を見た。

そして、あれは幻聴じゃなかったんだ、といった感じでへらへらと笑った。

さぁ、進化の時間だ。

僕はロープの余っている部分を摑《つか》んで、窓の外に落とした。

ロープは地面すれすれの場所まで届いた。

僕はみんなに向かって親指を立てた。

ヒロシと萱野と井上が束ねたベッドのパイプにしがみつき、固定役になった。

舜臣がトップバッターで降下しようと、ロープを摑んで窓枠から外に出ようとした時、山下は言った。

「頼んだよ」

舜臣は薄く微笑んでうなずき、なんのためらいもなく窓枠をまたいで、闇の広がる空中に身を投げ出した。

ロープに繫《つな》がれているベッドが、窓枠に向かって動こうとして、きしんだ音を立てた。

ヒロシと萱野と井上は綱引きの要領で、体重を後方に掛けながらベッドを思い切り引っ張った。

ベッドは動きを止め、安定した。

残りのみんなは窓枠から顔を出し、舜臣の降下のやり方をじっくり見つめていた。

舜臣はぴんと伸ばした両足を壁につけてロープと自分と壁で三角形を作り、形を崩さないようにしながら後ろ歩きの要領でゆっくりと降りていっていた。

「なにを頼んだんだよ」と僕は山下の耳元で囁いた。

山下は僕の耳に口を寄せて、囁き返した。

「落ちる自信があるからさ。受けとめてねって」

僕は納得して、うなずいた。

舜臣は三分も掛からずに地面に着地し、僕たちに向かって短く手を振った。

時間に余裕があるわけではなかったので、早く降りろ、とみんなを急《せ》かせたあと、僕は再びドアを開けて廊下の様子を窺った。

異状なし、と思いつつドアを閉めようとした時、廊下の突き当たりの階段付近で、不吉な黒い影がゆらりと動いたような気がした。

僕はそろりとドアを閉め、いったんみんなのそばへと近寄って静止を指示し、郭と一緒に再びドアへと取って返した。そして、僕と郭はドアの両脇に立って、まさかの場合の迎撃態勢を整えた。

もし猿島が部屋に突入してきたら、二人がかりで拘束するつもりだった。そうなった場合、敵は野生の暴れ馬並みにエキサイトするはずなので、少々荒っぽい展開になる可能性もあった。でも、ここまで来たら死ぬ気でやるしかない。

部屋の中には、まるで爆弾解除でもしているような緊張感が漂っていた。ごくごく小さな針が落ちたとしても、みんなの体は敏感に震えたことだろう。

ドアの外から、カッ、カッ、カッ、という音が聞こえてきていた。

たぶん、猿島が竹刀を杖《つえ》代わりにして歩いている音だ。

音が、徐々に徐々に僕たちの部屋へと近づいてくる。

ロープに繋がれたベッドが、キシッというかすかな音を立てた。

僕はみんなのほうへと視線を走らせた。

窓際に立っているメンツが全員、Ｏｈ，Ｎｏ！　という感じで、両手で頭を抱えていた。

部屋にいるみんなの顔を慌てて確かめた。

山下がいない！

ということは、いま降下中なのは山下のはずだった。

なんというタイミング。

さすがに、《史上最弱のヒキを持つ男》だ。

僕は、山下が見事に落下して音を立て、それに気づいた猿島が部屋に乱入してくる前提で、心構えを整えた。
かかってこい、マンキー。
カッ、カッ——。
部屋の前で音が止んだ。
永遠にも思える一秒。
全身が総毛立つような静寂。
そして、なにより、歓喜の声を上げたいほどのスリル。
ところで、もう何秒経った？
再び、カッという音が鳴った。
音がゆっくりと部屋の前から遠ざかっていき、やがて、消えた。
僕は緊張を解かないままゆっくりとドアを開け、廊下を窺《うかが》った。
危険なものはなにも存在しない、ただの空間があった。
僕は慎重にドアを閉め、すぐに窓際へと駆け寄り、下を覗き込んだ。
舜臣にお姫様抱っこをされている山下の姿があった。
落ちたことは落ちたらしい。
僕に気づいた山下が、楽しそうに手を振った。

僕は大きく息をついたあと、みんなに降下の再開を指示した。

工程は順調に進み、部屋の中には僕とヒロシと萱野と井上だけが残っていた。

僕たちはベッドを持ち上げ、窓際ギリギリの場所まで移動させた。

ベッドの幅は窓枠よりも五〇センチほど広かった。もしベッドを支える人間がいなくなっても、降りている人間の重さで窓際に引き寄せられるので、必然的につっぱり棒のような役割を果たしてくれるはずだった。

井上と萱野が降下し終わった。

僕とヒロシはベッドから手を離し、顔を見合わせた。

お先にどうぞ、という感じでヒロシは手を窓の外へと差し出した。

最後に降りる人間のリスクが一番高いに決まっているけれど、そんなものヒロシが引き受けるに決まっているので、譲り合うようなこともせず、僕はさっさと降下を開始した。

窓枠をまたぎ、外に出た。

一瞬で全身が外気に浸され、空中にいることを否応《いやおう》なく認識させられた。

両手を離したら、真っ逆様だ。

でも、ちっとも怖くなかった。

下には、みんながいる。
僕は足を一度も淀《よど》ませることなく、降りていった。
足の裏を、地面にそっとつけた。
自分の重みを、生まれて初めてきちんと感じたような気がした。
僕は上に向かって、短く手を振った。
ヒロシが着地してすぐ、郭が囁《ささや》いた。
「十時五十八分」
足音を極力立てないようにしながら、正門に向かって走った。
十一時十七分。
間に合うわけがない。
はじめから分かっていたことだ。
おなじみの罪悪感が頭をもたげて、僕を見つめる。
うるせぇ、引っ込んでろ。
路地を走り切り、建物の角まで辿《たど》り着いた。
僕たちはいったん足を止め、前庭の様子を窺った。

誰もいない。

高くそびえる門扉だけが、外灯に照らされてその存在感を際立たせていた。

僕は先頭を切って、建物の角から飛び出した。

ズボンのポケットに手を突っ込み、門扉のカギを取り出しながら、走る。

正門まで、あと一〇メートル。

視界の先に、見慣れぬものが見えたような気がしたけれど、そんなことあるわけない、と急いで疑念を打ち消す。

あと五メートル。

打ち消す余地もないほどに圧倒的な存在感のあるものが、僕の目にはっきりと映る。

あと三メートル。

僕は絶望に向かって走っている。

あと一〇センチ。

僕は足を止め、格子にグルグルと絡まっているぶっとい鎖を見つめた。

そして、鎖がほどけないようにガッチリとはまっている、見たこともないほど大きなサイズの南京錠も。

頼まれたものだけでいいんだな?

アギーの奴、教えてくれたっていいじゃないか――。

いきなり後ろから肩を叩《たた》かれ、僕の体は反射的に大きく震えた。

振り返ると、ヒロシが門扉のカギを僕に差し出していた。

気づかないうちに手から離して、落としてしまっていたらしい。

みんなが僕を見つめている。

みんなの目に浮かぶものは、嘲《あざけ》りのようにも憐《あわれ》みのようにも見えた。

僕がしたことといえば、鼻血と金を出して、いい気になってただけ。

自分の目でなにも確かめようとはしなかった。

自分の耳でなにも聞き出そうとはしなかった。

クソみたいな罪悪感に浸ってウジウジしている暇があったら、万全の準備のために動いておくべきだったのだ。

みんなが僕を見つめている。

痛みに耐え切れず、思わず目を閉じてしまいそうになった瞬間、井上が動いた。

井上は僕のそばを通り抜け、門扉に向かい合った。そして、両手で二本の鉄格子をガッチリと摑《つか》んだ。

郭も動いた。

郭は井上の右隣にぴったりと寄り添って立ち、目の前の鉄格子を強く握り締めた。

富士本が動いて、井上の左隣に陣取り、鉄格子に両手を絡めた。

井上が顔を横に向けて、言った。

「俺たちを越えていけ」

結城と平と村上が動いた。

結城と平と村上は基礎を成している三人の太ももを踏み台にして上へと登り、両足をそれぞれ三人の両肩に乗せて立ったあと、鉄格子を摑んだ。

井上と郭と富士本の両足が小刻みに震えている。

迷っているような場合じゃなかった。

でも、ここまでして得られるみんなの代償は？

最終電車には、決して間に合うことはないのだ。

クソみたいな罪悪感が、思わず僕の口から出てきた。

「門を越えたって――」

郭の言葉が僕の罪悪感をかき消した。

「そんなの分かってる！　いいから行け！　行けるところまで行け！」

井上がみんなの思いを繫《つな》いだ。

「俺たちがやれるってことを、あいつらに見せつけてやれ！」

舜臣が、マッハのスピードで動いた。

仲間の壁に足を掛けてあっという間に駆け上がったかと思うと、そのまま勢いをつけて垂直にジャンプをし、門扉の上辺に両手を掛けた。そして、懸垂の要領で体を引き上げ、片足を外側にまたいだあと、上半身を門の内側に傾けて、腕を下に向かって伸ばした。

萱野と山下と野口が同時に動いた。

三人が仲間の壁をよじ登っている姿が、にじんでぼやけて見えた。

萱野と舜臣の手があと数センチで繋がり掛けた時、やべぇ、このままじゃ泣いちまう、と思ったけれど、そんな心配は必要なかった。

背後の第3棟から、おなじみの吠《ほ》え声がファンファーレのように盛大に鳴り響いた。

「きさまらぁぁぁぁ！　なにしてるぅぅぅぅ！」

見りゃわかんだろ。

涙腺《るいせん》が一気に引き締まった。

なんにせよ、オールスターが勢揃いだ。

すでに舜臣に体を引き上げられた萱野は、門扉をまたぎ、鉄格子を伝いながら地面へと降りていっていた。

僕とヒロシは顔を見合わせた。

ヒロシは不敵に微笑み、持っていたカギをぽいと後ろに投げ捨てた。

カギが地面に落ちる、カチンという音とともに、僕とヒロシは仲間の壁に取りついた。

僕が足を動かすたびに、ぐっ、とか、うっ、といったうめき声が上がったけれど、ためらっている余裕はなかった。いまごろ、猿島が生涯一のスピードでこちらにすっ飛んできているはずだから。

壁のてっぺんまで辿り着き、ヒロシが先に引き上げられるのを待った。

舜臣の手が、僕に向かって差し出された。

距離は一メートルほど。

僕は左手を上に伸ばして鉄格子を握ったあと、自分の体を片手で引き上げるようにしてジャンプをしながら、右手を思い切り舜臣の手のほうへと差し出した。

圧倒的な力が右手に加わったと思った次の瞬間には、僕の体は門扉の上辺へと引き上げられていた。

門扉をまたぎながら宿泊棟のほうに視線を走らせると、第3棟のドアが勢いよく開かれるのが見えた。第1棟のほうからは、野口シニアらしき人影がこちらに向かって駆けてきているのが分かった。

僕と舜臣とヒロシが着地したのとほとんど同時に、仲間の壁が崩壊した。

井上たちは地面に倒れたまま、鉄格子越しに僕たちを見上げていた。

鉄格子の隙間から、猿島と野口シニアの姿が見えていた。あいつらの姿がどんどんと大きくなっていく。

でも、井上たちが立ち上がったことで、あいつらの姿は僕たちの視界から消え去った。

僕たちK班は、鉄格子を挟んでへらへらと笑い合った。

鉄格子の内側にいるみんなが、次々に叫んだ。

行け！

走れ！

外の世界にいる僕たちは、一斉に向きを変え、一気に駆け出した。

振り返んな！
取り返せ！

僕たちの背後で、サイレンが鳴り始めた。

逃げろ！
逃げろ！

11

とりあえずは、まっすぐに南へ。
ぽつんぽつんとしか立っていない街灯をガイドに、薄暗い道を走っていく。
サイレンの音がどんどんと遠ざかっていく。
このまま三キロほど進めば、広大な森林公園にぶつかるはずだ。
そこを右に折れて一キロほど行けば、県道4号線に出会える。
そのあとはバカみたいに、ただひたすら道なりに南下すれば、前橋駅に辿《たど》り着く。
そこから先は出たとこ勝負だ。
始発が出るまで、捕まらないようにどこかに身を潜めていたっていい。
線路沿いにほかの駅に移動して、そこで朝を待ったっていい。
時間が惜しいなら、休むことなく東京に向かって歩き続けてもいい。
運が良ければ、明日中には東京に戻れるだろう。

運が悪ければ――。

考えるのはよそう。

とりあえずのゴールは前橋駅だ。

なにがあっても、そこまでは辿り着いてみせる。

捕まってたまるか。

ナビ役で先頭を走る僕の後ろから、みんなの荒い息遣いが聞こえてくる。

舜臣がスピードを上げ、僕の隣に並んだ。

「大丈夫か？」

正直、足が重い。

息も苦しい。

僕は答えた。

「楽勝」

ヒロシが僕を追い越し、少し先を走り始めた。

僕は、ざけんな、と言ってスピードを上げ、ヒロシを追い越した。

舜臣が僕を追い越し、僕が舜臣を追い越し、萱野が僕を追い越し、僕が萱野を追い越し、野口が僕を追い越し、僕が野口を追い越し、そして、山下は僕を追い越せず、手加減してよぉ、と弱音を吐いた。

僕たちは順番に山下の頭を軽く叩《たた》きながら、走り続けた。

さすがにみんなのペースががっくりと落ち始めてきた頃、前方に鬱蒼《うっそう》とした森林が見えてきた。

公園での一時休憩が頭によぎったけれど、一度休んだらもう二度と走り出せないような気がしたので、誰かが倒れてしまうまでは、たとえ亀のようなペースであっても足を止めないことにした。

公園にぶつかった。

真夜中の公園は怖いぐらいにひっそりとしていて、僕たちのパタパタとした力のない足音がまるで木々の深い眠りを邪魔する騒音のように響いていた。

僕たちは公園の輪郭に沿いながら進み、県道4号線に繋《つな》がる道を探した。

五分ほど行くと、公園の無料駐車場の出入口に行き当たった。

狭い二車線の道路を挟んだ出入口の向かい側に、西のほうへと延びている幅の広い四車線の道路が見えた。

賭《か》けたっていい。

県道4号線に通じる道だ。

車が一台も通っていない二車線の道路を斜めに横切り、四車線の道路に乗ろうとしたその時、駐車場のほうから、キャッ!という女の人の短い悲鳴が聞こえてきた。

それはふざけている時に上げるような種類のものではなく、明らかに切迫した状況で上げたもののように聞こえた。

でも、確信があるわけじゃない。

もしかしたら、おかしな趣味のカップルが真夜中の駐車場でおかしなプレイでもしているのかもしれないし。

そんなわけねぇな、と思い、僕が走る速度を落としたのとほとんど同時に、舜臣は、すぐに片づけるから、と言い残して踵《きびす》を返し、駐車場のほうへとダッシュしていった。

それでこそ舜臣だ。

迷うことなく舜臣のあとを追った。

駐車場はサッカー場ぐらいの広さがあった。

深夜だけあって、停まっている車は数台しかなかった。

出入口のすぐそばに、どこかで見たことのあるようなバイクが十台、きちんと並ぶこともなく乱暴に停められていた。

僕たちの視線はすぐに、バイクから一〇メートルほど離れた位置に停まっている赤い軽自動車に集まった。運転席と助手席のドアが開けっぱなしになっているせいで、室内灯が点灯していたからだ。

僕たちは軽自動車を基点にして、乏しい照明の光を頼りに薄暗い周囲に視線を這《は》わせた。

「イヤっ！」

舜臣が動いた。

すでに悲鳴が上がったほうへと駆け出している。

三〇メートルほど先にある、公園の西側入口あたりに目を凝らすと、黒い集団が蠢《うごめ》いているのが分かった。必死に抵抗している二人の女の子の姿も捕捉《ほそく》できた。公園の中に女の子たちを無理やり連れ込んで、悪いことをしようとしているのだろう。

三メートルずつワープしているみたいに、あっという間に先へと進む舜臣の背中を、必死に追った。

西側入口に近づくにつれて目が暗さに慣れていき、黒い集団の正体がはっきりと見えてきた。

いまどき流行《はや》らないリーゼントが、闇の中で3Dのようにくっきり浮かび上がっていた。

こういう時、なんて言うんだっけ？

確か、「ここで会ったが百年目」。

舜臣も僕と同じことを思ったんだろう。

喜びの雄叫《おたけ》びを上げた。

ははは一っ！

暴走族の連中が反射的に動きを止め、こちらを振り向いた。

その瞬間、舜臣がいまどきリーゼントの男に獰猛《どうもう》に襲い掛かった。

舜臣は光のスピードを減速しないまま、いまどきリーゼントの男の顔面にパンチを叩き込んだ。

いまどきリーゼントの男はパンチの衝撃で、宙を飛んだ。

ウソじゃない。

僕は、確かに、この目で見た。

いまどきリーゼントの男は後ろ向きで二メートルほど飛んで、近くの金網のフェンスに背中からぶつかった。そして、反動で前へと弾《はじ》き返されたタイミングで、足を止めることなくまっすぐに飛び込んできた舜臣のカウンターパンチを顔面にメガヒットされた。

ゴツン！

人間の顔が決して奏でてはいけないような音が、周囲にこだました。

いまどきリーゼントの男は再び背中からフェンスにぶつかり、またしても金網に嫌われて前へと押し戻されたあと、突っ伏すようにして勢いよく地面に倒れ込んだ。

ほかのメンバーは、リーダーが抵抗する間もなく蹂躙《じゅうりん》されたのを目撃し、ショックで立ち尽くしていた。

確かに、ディズニーアニメのドタバタみたいなことが現実に、それも目の前で起こったのだ。混乱するのは当たり前だ。

だけど、もう闘いは始まってるんだぜ。

よそ見してんな。

僕と萱野と山下と野口とヒロシは、ほかのメンバーに飛び掛かった。

僕たちのパンチが二、三発入ると、ほかのメンバーたちのエンジンがようやく始動した。

敵味方が入り乱れるドッグファイトが始まった。

舜臣は神話の中の巨人のように、無力な人間たちを次々と捕まえては殴り、蹴《け》り、意識を刈り取り、そして、放り投げていった。

僕と殴り合いをしていたドクロのTシャツを着た男が、舜臣に後ろから首根っこを摑《つか》まれ、地面にグシャッという感じで叩き伏《ふ》せられた。

敵が目の前から消えた僕は、女の子たちの姿を探した。

女の子たちは金網のフェンスの近くで身を寄せ合いながら、闘いを見つめていた。

僕はいまどきリーゼントの男に近寄った。

いまどきリーゼントの男は、ピクリとも動いていなかった。

僕はいまどきリーゼントの男のリーゼントを摑んで顔を持ち上げたあと、鼻のあたりに手のひらを寄せた。

ちゃんと規則的な呼吸をしていた。

意識が飛んでるだけだ。

リーゼントから手を離し、革ジャンのポケットを探った。

携帯電話が見つかったので、それを持って女の子たちに近づいた。

女の子たちは手を強く握り合いながら、怯《おび》えた目で僕を見つめていた。

僕は携帯電話を差し出して、言った。

「警察に電話してください」

目の光が強い子のほうが携帯電話を受け取ったので、僕は踵を返し、バトルフィールドに戻った。

でも、僕がやれることはなにも残っていなかった。

舜臣は最後の一人の喉《のど》を片手でガッチリと掴んで、天に向かって持ち上げていた。太古の昔、狩猟グループのリーダーは獲物をそんなふうに掲げて、狩りの成功を誇示したに違いない。

舜臣が手を離すと、最後の一人は地面に崩れ落ちた。

舜臣は最後の一人の脇腹に軽く蹴りを入れて意識が飛んでいるのを確かめたあと、僕たちのほうを見て、不敵な笑みを浮かべた。

僕たちは一斉に勝利の雄叫びを上げた。

それは、犬の遠吠《とおぼ》えのような、ゴリラが胸を叩《たた》きながら上げるような、ティラノサウルスが吠《ほ》えるような声だった。まぁ、ティラノサウルスの吠える声を実際に聞いたことはないけれど。

僕たちの雄叫びは森に轟々《ごうごう》と響き渡ったあと、宙に吸い込まれ、消えた。

入れ替わりに、遠くからパトカーのサイレンが聞こえてきた。

「逃げるぞ！」

僕は先頭を切って、出入口に向かって駆け出した。

僕のエンジンはすぐにトップギアに入った。

たまっていた疲労も睡眠不足も痛みも、いつの間にかどこかへ消え去っていた。

そもそも俺の足ってこんなに高く上がったっけ、と思いつつ、視線を先に戻すと、出入口のあたりがなぜか光って見えた。

一瞬、パトカーのヘッドライトかと思ったけれど、サイレンはまだ遠くにあった。

まるでドアがゆっくりと開いていき、外の光が部屋に満ち溢《あふ》れていくように、出入口に近づくにつれ光度はどんどん増していった。

もしかしたら俺、死ぬのかも、という思いが刹那《せつな》に頭をかすめたけれど、知ったことではなかった。

いま足を止めるわけにはいかなかった。

絶対に。

出入口のドアが完全に開いた。

僕は、ためらうことなく、光の中にダイブした——。

＊

脱走騒動が一段落した頃、僕は宿泊棟に残った六人にこの夜の一部始終を語り伝える役目を与えられた。

門を越え、公園に辿《たど》り着き、駐車場で田舎の暴走族を一蹴《いっしゅう》して——。

そこまではなんの問題もなく、たったいま見てきたような臨場感で話すことができた。

なんなら、あの時の世界を構築していたすべての音や色、匂いまで再構築できる自信さえあった。

でも、駐車場を出たあとの記憶はひどく曖昧《あいまい》で、断片的なものしかなかった。

まるで、クライマックスのコマがところどころ抜け落ちたフィルムで上映されている映画のような有様で、とても人に話して聞かせられるような代物ではなかった。

僕の記憶に残っているのは、赤信号の赤だったり、自転車のブレーキの音だったり、セブン-イレブンのロゴだったり、とにかく、たわいのないガラクタばかりだった。

それらでさえ、自分が実際に見たり聞いたりしたのか疑わしいぐらいに、ぼんやりとした記憶だった。

「とにかくさ、必死に走ってたらいつの間にか前橋駅に着いてたんだよ」

そんなふうに言い訳をする僕に、途中まで目をキラキラさせながら話を聞いていた六人は、目に点《とも》っていた明かりをパチンと消し、あからさまな非難の目を向けた。

そして、井上が代表して言った。

「そんな大切なこと忘れるかよ、普通」

まったくそのとおりだと思う。

でも、正確には、忘れたのではなかった。

あの夜、光にダイブした瞬間からすでに、僕の記憶は曖昧だったのだ。

脳が覚えるのを拒否するみたいに、ものごとを認識するそばからすぐにそのデータを消去してしまうような、そんな感じだった。

「ランナーズハイってやつじゃない」と郭は言った。「それか、ひどい酸欠状態になると記憶がトンだりするらしいから、そっちかもね」

どちらが正解なのだろう？

僕には分からない。

ただ、ひとつだけ分かっていることがある。

あの時、誰にも捕まりたくなくて必死に逃げていたすべての瞬間、僕の存在のすべては、《逃げる》という目的のためだけにあった。

ただ逃げてさえいれば、迷いやためらいやちっぽけな保険やクソみたいな罪悪感といった、普段の僕を支配しているものから自由でいられた。

だから、なにか余計なものが僕の中に入ってきて心が侵され、間違っても足が止まらないように、「すべてを忘れろ。おまえはただ逃げていればいいんだ」と強い力がカウンターのリセットボタンを押し続けて、僕を0に戻してくれていた——。

そんな気がする。

でも、その《強い力》がなんなのかは、僕には分からない。

「まぁ、どっちにしろ」と郭は言った。「ぶっトンでハイになってたってわけね」

まぁそんな感じでいいか、と思いながらうなずき、言った。

「そう、友達のちょっとした手助けのお陰でね」

みんなの顔に、「は？」という文字が浮かんでいたので、ビートルズを聞け、と言うと、おまえのそういう優等生っぽいところがイマイチ好きになれねぇ、とブーイングを食らった。

「ところで」

井上が言った。

「前橋駅に着いてからはどうなったの?」

＊

真夜中の前橋駅は、閑散としていた。

駅舎の明かりはすでに落ちていて、出入口も閉じられていた。

駅前のロータリーには車の往来もなく、歩道の脇に一台だけ停まっているタクシーの《空車》の赤い色が、やけに綺麗《きれい》に見えた。

僕たちはロータリーのほぼ真ん中に立ちすくんで、必死に息を整えた。

僕たちの激しい息遣いが、ロータリーにこだましていた。

駅舎の出入口のそばにある自動販売機の陰で、誰かが動いた。

その誰かは、携帯電話でコソコソとなにかを喋《しゃべ》っていた。

舜臣は視線を自動販売機のほうから僕たちに移したあと、軽く微笑み、地面に腰を下ろしてあぐらをかいた。

山下が地面に腰を下ろし、両足をまっすぐに伸ばした。

ヒロシが地面に腰を下ろし、あぐらをかいた。

萱野が地面に腰を下ろし、あぐらをかいた。

野口が地面に腰を下ろし、体育座りをした。

僕は地面に腰を下ろしたあと、仰向《あおむ》けに寝そべり、言った。

「悪いけど、もう走れないよ」

みんなは次々に寝そべり、口々に、俺も、と言った。

僕たちは一分ほどのあいだ、無言で夜空を見つめていた。

雲はいつの間にか消えていた。

黄色くてまん丸くて、まるでスマイルマークみたいな月が、僕たちを見下ろしていた。

「みんなにだけは言っておきたいことがあるんだ」

野口ははっきりとした声で、言った。

「俺、好きな子がいるんだよね。片思いなんだけどさ、小学校の頃からずっと好きで、いつか告白しようとか思いながら、結局、まだ告白できてないんだけどさ——」

僕たちは黙って夜空を見つめたまま、話の続きを待った。

野口は、思い切ったように、続けた。

「その子が明日の朝、アメリカに行っちゃうんだよね。親の仕事の都合なんだけどさ。だからさ、その子がアメリカに行っちゃう前に告白したいな、なんて思ってさ――」

ヒロシがクスクスと笑い始めた。

「空港で告白したら、なんかこうロマンティックな感じで効果抜群かな、なんてことも思ったりしてさ――」

萱野と山下が笑い始めた。

「そんなわけでさ、どうしても明日の朝までに東京に戻りたかったんだよね――」

僕も笑った。

野口は申し訳なさそうに、続けた。

「みんな、ごめんね」

突然、舜臣が起き上がった。そして、ズボンのポケットに手を突っ込んで中身を引き出したあと、それを野口の体に押しつけた。

僕と萱野と山下とヒロシも起き上がり、ポケットの中身を野口に差し出した。

野口が起き上がり、僕たちを見つめた。

「早く行け」

舜臣はそう言って、タクシーを顎《あご》で指した。

僕たちはへらへらと笑いながら、野口を見た。

野口もへらへらと笑った。

タクシーが走り去っていくのを、僕たちは地面に腰を下ろしたまま、瞬《まばた》きもせずに見送った。

僕たちの渡した逃走資金で足りるかどうかは分からない。でも、きっとなんとかなるだろう。そうに決まってる。

僕たちの背後から、猛スピードで接近してくる車の音が聞こえてきた。

誰が運転しているのかは分かってる。

僕たちは顔を見合わせたあと、一斉に腰を上げた。

車がやってくるほうを向き、ピンと背筋を伸ばす。

車のヘッドライトが、僕たちの目を射る。

僕たちは、決して目をそらさない。

威嚇するように、車がスピードを落とさないまま近づいてくる。

僕たちは、決して退かない。

12

眩《まぶ》しい光が、突然僕の目を刺した。

軽く目を伏せながら地下鉄の階段を上り切り、地上に出た。

梅雨が明けたばかりの日曜日の銀座は、夏の光でいっぱいだった。

行き交う人々の服装もカラフルで、街がキラキラと華やいでいた。

Tシャツとジーンズとスニーカー姿で銀座を歩く自分に、少しだけ気後れを感じた。

学生服だと、なんともないのに。

人の波をすり抜けて、いつものカフェに着いた。

僕が席に座ると、僕の父親は本を閉じ、僕に向かって薄く微笑んだ。そして、たぶん先月と同じことを言おうとして口を開き掛けたので、僕は機先を制し、ニカッと笑った。

僕の父親は僕の右の前歯がないのを見て、すぐに微笑みを消した。

「どうしたんだ？」

「教師にぶん殴られて、取れちゃったんだ」

中二の時に入れた差し歯が、前橋駅前で行方不明になってしまったのだ。

僕の父親は困惑と怒りを半分ずつ顔に浮かべて、言った。

「教師の名前を教えてくれ。正式に抗議するから」

「いいんだよ」

「良くない。早く教えろ」

僕の父親はルイ・ヴィトンのバッグから携帯電話を取り出して、身構えた。

「なにしてんの？　いきなり電話するつもり？」

「違うよ。携帯電話のメモ機能に名前をメモするんだ」僕の父親は真面目な顔で、答えた。

僕は思わず声を上げて笑ってしまった。

僕の父親は心外そうに、眉間《みけん》に皺《しわ》を刻んだ。

僕は笑いを収めて、言った。

「僕の代わりに殴り返してよ」

僕の父親の顔から怒りが消えた。

「え？」

「そいつに最低でも十発は殴られたよ。だから、僕の代わりに殴り返してよ」

先月と同じかなり可愛いウェイトレスが、水を持ってやってきた。

僕はコーラをオーダーした。

僕の父親は、いつの間にか携帯電話をテーブルの上に置いていた。

「うちの会社を使って問題にすることもできるんだぞ」

僕は水を一口飲んで、言った。

「もういいんだよ」

僕の父親は、そうか、とつぶやいて、短いため息をついた。

「歯を入れるお金は大丈夫か？」

僕はうなずいた。

必死にバイトをしてお金はすでに貯まっていたけれど、今日まで歯を入れないでおいたのだ。

コーラが届いた。

僕の父親は腕時計をちらっと見たあと、話を切り出した。

「この前の話、考えてくれたか？」

僕はうなずいた。

「どうする？　いますぐに話を通せば、二学期に間に合うぞ」

「僕はどこにも行かないよ」

僕の父親の顔が一気に曇った。

「試験を受けないってことか？」

「うん。いまの学校が気に入ってるんだ」

僕の父親は、戸惑いをはっきりと目に浮かべながら、僕を見つめた。

「そんな目に遭ってもか？」

僕はうなずいた。

どんな目に遭っても、居座り続けることに決めたのだ。

そう、学校側から追い出しを食らうまでは。

脱走をし、捕まり、殴られ、蹴《け》られ、罵《のの》られた僕たちは、当然のことながら退学を覚悟していた。

ところが、そんな僕たちに、突然の奇跡が舞い降りた。

僕たちは群馬県警から表彰されることになったのだ。

もちろん、田舎の暴走族に襲われていた女の子たちを救ったからだ。

加えて、警察の取り調べで暴走族の連中から余罪がぼろぼろ出てきたお陰だった。僕たちは偶然にも、傷害や強盗や強姦《ごうかん》の常習犯たちを退治したヒーローということになった。

学校の名誉に貢献した僕たちを、学校側がクビにできるわけがなかった。

そして、僕たちが地元新聞の取材を受ける直前に取引を申し出てきた。

オファーの内容は、「団体訓練の詳細は語らないこと。それに、体の傷やアザは暴走族との闘いで負ったものと偽証すること。そうすれば、悪いようにはしない」。

新しい差し歯の代金を請求しようかとも思ったけれど、貸しを作っておくのも悪くないので、黙ってオファーを呑《の》むことにした。

結局のところ、僕たちの脱走は、《無かったこと》になった。

僕たちの脱走は、《体力トレーニングのための深夜のランニング》にすり替わった。

当然のことをしたまでです、というコメントとともに、僕と舜臣と萱野と山下とヒロシが、ニカッと笑っている写真が新聞に載った。

そうやって、すべてが丸く収まった。

退学処分の不決定を学年主任と生活指導部長から告げられた場に同席していた猿島は、僕たちの目の前で新聞を真っ二つに破いたあと、不敵に笑い、言った。

「必ず、おまえたちを追い出してやるからな」

正直なところを言うと、その時、僕はどういうわけか猿島に対して愛情に近いものを感じた。

もちろん、そんな思いはすぐに打ち消したけれど。

僕の父親は、諦《あきら》め切れないように、言った。

「もっとちゃんと考えたほうがいい。将来の可能性をきちんと見据えるんだ。一時の感情に流されて浅はかな選択をすると、人生が台無しになってしまうんだぞ」

「もう決めたんだ」

僕の父親は呆《あき》れたように、長いため息をついた。

「おまえはいま、人生の岐路に立ってるんだぞ」

確かにそのとおりだと思う。

でも——。

「うまくは言えないんだけど——」

僕は、僕の父親の目をきちんと見て、言った。

「いまの学校にいて分かったことがあるんだ。なにかが間違ってるのに、それが当たり前みたいになってたら、そのままにしておいちゃいけないんだ。間違ってるぞってちゃんと声を上げたり、間違いを気づかせるために行動する人間が必要だと思うんだ。

僕はそのためにいまの学校にいたいと思ってるんだ」

「そんなにひどい学校なのか？　だったら、本当に父さんが――」

「そういうことじゃないんだ。僕が自分で動かないと意味がないんだ」

僕の父親は目を細め、やけに遠い眼差《まなざ》しで僕を見つめた。

「おまえの言いたいことは分からなくもないよ。でも、どうしておまえである必要があるんだ？　それに、おまえになにができるっていうんだ？　おまえはまだ無力な子供じゃないか」

無力？

僕の目の前に、舜臣と萱野と山下とヒロシが現れ、へらへらと笑った。

僕はへらへらと笑って、言った。

「みんなよりも先に間違ってることに気づいちゃったから、しょうがないんだ。だから、僕たちがやるしかないんだ」

僕の父親の顔から表情が消えた。

続けて、僕がいつも見慣れている色が浮かんだ。

諦めと嘲《あざけ》り。

僕の高校の教師たちがよく浮かべている色だ。

「もういいよ。分かってもらえるとは思ってなかったから」

僕は腰を上げて、続けた。

「もう行くよ。歯医者に予約が入ってるから」

僕が席を離れようとすると、僕の父親は、待て、と引き留めた。そして、ルイ・ヴィトンのバッグの中から封筒を取り出し、僕に差し出した。

僕は受け取らず、代わりにジーンズのポケットから銀行の口座番号が書いてある紙を取り出して、僕の父親に差し出した。

「どうしてもお小遣いをあげ続けたいなら、この口座に振り込んでよ」

結局、僕の父親は、僕がどうして殴られたのかは訊《き》いてくれなかった。

最初から僕が悪いと決めつけているのだ。

僕だったら体罰を受けても仕方がない、と思い込んでいるのだ。

かわいそうに。

たった一言、「いったいなにがあったんだ?」と訊きさえすれば、僕と仲間たちの血湧き肉躍る冒険の話を聞けたのに。

僕の父親は紙を受け取らなかった。

僕は紙をテーブルの上に置いた。

さよなら、お父さん。

僕の父親は僕を睨《にら》みつけるようにして、言った。

「転校の話、気が変わったらいつでも連絡してこいよ。待ってるからな」

保険の掛け金を、僕の代わりに払い続けておいてくれるらしい。

でも、それはたぶん、僕のためじゃない。

僕は最後に、またニカッと笑って、テーブルを離れた。

ひとつ言い忘れたことがあったのでテーブルに戻ろうかとも思ったけれど、やめておいた。

別にたいしたことじゃない。

そもそも、僕はブランドもののバッグを持つ大人は信用しないことにしているのだ。

ただ、それを伝えたかっただけのことだ。

13

終業のチャイムが鳴った。

教壇では、旺文社《おうぶんしゃ》から『試験に絶対出ない日本史アラカルト』を出版するというウワサの歴史教師の吉野が、往生際が悪くまだブツブツと鎌倉幕府について喋《しゃべ》っていたけれど、生徒たちはまるっきりノープロブレムな感じで教室を出ていっていた。

休み時間は十分しかないのだ。

少しでも有効に使わないと。

僕は舜臣から借りている『監獄の誕生』を閉じ、大きく伸びをしながら、教室を眺めた。

二学期が始まってひと月が経っていたけれど、一学期と机の数はほとんど変わっていなかった。

数が減ったのは、ひとつだけだ。

夏休みに入ってすぐ、在学中の一年生全員の家に《怪文書》が届いた。

そこには、新体育館建設とグラウンド拡張と退学者の濫発、の三題噺《さんだいばなし》が書かれていた。

普段はアホの子に無関心な保護者たちでも、さすがにほっておけないと思ったのか、学校には真偽の問い合わせが殺到したらしい。

学校側は必死に因果関係を否定し、退学者の退学理由に関する再調査の実施を約束した。

因果関係の証拠なんて出るはずがなかったし、それに、再調査だって形だけに決まっていた。

保護者たちだって退学者のことなんかどうでもよくて、自分の息子たちが簡単にクビにならないよう、脅しを掛けるのが目的だったのだ。

二学期が始まってすぐ、学校側は新体育館建設の延期を発表した。

期間は三年間。

僕たちが卒業するまでは、問題を再燃させないためだろう。

こうして学校側の《大粛清》は終わりを告げ、停学や退学になる生徒も、ほとんどいなくなった。

団体訓練が開催されることも、二度とないはずだ。

そして、やめていった連中が学校に戻ってくることもない。

ここでは都合の悪いことは、すべて《無かったこと》にされてしまうのだ。

そういえば、《怪文書》の件で、僕と舜臣と萱野と山下とヒロシは教師たちの取り調べを受けた。

僕たちは無実だという真実を語り、教師たちも形ばかりの調査をすぐに打ち切った。僕たちも教師たちも、決して口には出さないけれど、誰がやったのかを知っていたのだ。

僕は、野口の机が置いてあったあたりに目を向けた。

前橋駅で別れてから、僕たちと野口が再び会うことはなかった。

脱走騒動が一段落した頃、一度家に電話を掛けてみたけれど、取り次いでもらえるわけもなかった。

K班の十一人は、みんなで顔を合わせるたびに、《ふられたショックで出家説》や《彼女を追い掛けて渡米説》なんていう仮説を立てて、野口の話題で盛り上がった。

隣のクラスに野口と同じ中学だった奴がいて、そいつが流している、「野口は兵庫県の外れにある、めちゃくちゃ厳しい全寮制の学校に入れられた」というウワサを耳にしたけれど、僕たちは信じなかった。

たとえ、それが真実だったとしても、野口が大人しく閉じ込められているはずもなかった。

野口はまだ僕たちのバトンを持っているのだ。

それを再び僕たちに手渡すために、どんな手を使ってでも逃げてくるはずなのだ。

とにかく、野口がある日ひょっこりと戻ってくるまで、僕たちは野口のことを話し続けることに決めた。

野口のことだけは、《無かったこと》にはさせない。

絶対に。

隣から肩を叩《たた》かれた。

いつの間にか舜臣の席に萱野と山下とヒロシが集まっていた。

みんなは優しい目で僕を見つめていた。

ヒロシが言った。

「連れション、行かね?」

僕は首を横に振って、言った。

「俺はいいや。ここにいるよ」

みんなが教室を出て行き、入れ違いにアギーが入ってきた。

アギーは舜臣の席に座り、僕のことをじっと見つめた。

一瞬、抱かれてもいい、と思ったけれど、すぐに思いを打ち消した。

「なんだよ」と僕は言った。「もう支払いは済んでるだろ」

アギーは子犬が御主人様を見つめるような眼差《まなざ》しを浮かべ、言った。

「ひどいな。顔を見たかっただけなのに」

胸がキュンとして、もうどうにでもして、と思ったけれど、がんばって思いを打ち消した。

僕が動揺しているのを見て、アギーはカラカラと楽しそうに笑った。

「学食に相談所を開いたの、知ってるだろ？」

僕は、知ってるよ、と答えた。

アギーは僕たちの脱走の黒幕として、校内では伝説的な人物になっていた。そんなアギーにトラブルの相談を持ち掛ける生徒が次々と現れ、アギーは次々とトラブルを解決していった。

評判が評判を呼び、そして、アギーは相談所を開設し、伝説のトラブルシューターへの道をひた走っている。

ちなみに、僕たちは脱走の件でアギーの助けを借りたことを、絶対に漏らしていない。

そうなると、誰がウワサを流したのかは、自《おの》ずと明らかだ。

自ら伝説を作り出した男は、軽く微笑んで、言った。

「なにか相談事があったら気軽に寄ってくれよ。おまえはお得意様だから、ディスカウントしてやるからな」

僕がうんざりしたような表情を作ると、アギーはまたカラカラと笑った。

アギーは、シーユー、といった感じで手の甲で僕の肩を軽く叩いたあと、腰を上げた。そして、席を離れ掛けてすぐに立ち止まり、思い出したように言った。

「そういえば、あの夜、管理棟の屋上からおまえたちのことを見てたんだぞ」

「マジかよ」と僕は驚いて、言った。

アギーは不意に夢を見ているような眼差しを浮かべた。

「あん時のおまえたち、俺がこれまで見てきたどんなアートよりも美しかったな。興奮して思わず声を上げたら、そばにいた女がびっくりしてたよ」

「なんだよ、結局自慢話かよ」と僕は冗談めかして、言った。

アギーは真面目な顔で僕を見つめた。

「俺はおまえたちにボーダーの越え方を教わったよ。これで、俺はまた一歩パーフェクトなコスモポリタンに近づけた。サンキューな」

思いがけず礼を言われて僕が戸惑っていると、アギーは、またしても僕に、抱かれてもいい、と思わせる美しいスマイルを向けて、言った。

「次のグレイトエスケイプの時も、必ず声を掛けてくれよ。ディスカウントプライスでヘルプしてやるから」

アギーが教室を出ていくと、六時限目の始業のチャイムが鳴った。

舜臣たちが帰ってきて、僕の頭をポカポカ叩きながら、自分の席に戻っていった。

チャイムが鳴り止んですぐ、生物教師の米倉が教室に入ってきた。

米倉は、いつものように背筋をピンと伸ばしたまま教壇に上がり、僕たちに向かって深く一礼したあと、授業を始めた。

教室の中は、あっという間にいつもの光景になった。

生徒たちは、居眠りをしていたり、漫画を読んでクスクス笑っていたり、携帯電話でエロ画像を眺めていたり、机の陰でちんぽこの大きさを比べ合ったりしていた。

僕は頰杖《ほおづえ》をつき、教室の窓の外をぼんやりと眺めた。

晴れているような、曇っているような、どっちつかずの空が見えた。

アギーは、次のグレイトエスケイプと言っていたけれど、そんなことが起こりそうな要素や兆候は、僕のまわりにはまったくといっていいほど、存在していなかった。おなじみのウスノロな時間だけが、我が物顔で僕のまわりをうろついていた。

脱走をしたことで、僕たちは良くも悪くも注目を浴びる存在になっていた。

アギーがウワサを流したせいで、一部の生徒たちのあいだでは、僕たちは《大粛清》を阻止したヒーローのような存在にもなっていた。

ほかの生徒たちが僕たちを見る目には、明らかにある種の期待感がこもっていた。なにか面白いことを一緒にやろう、と声を掛けてくる連中もいた。

でも、僕たちにいったいなにができる？

学校側が大人しくなってしまったいまでは、手っ取り早く立ち向かう敵もいなくなってしまった。

そうなると、僕たちは単なる平凡な高校生でしかないのだ。

僕たちにできることといえば、たぶん、イタズラに毛が生えた程度のちっぽけな悪事ぐらいだった。

反抗のしるしに校舎の窓ガラスを割ったところで、なにも変わりはしない。業者が呼ばれて、新しいガラスが付け替えられるだけのことだ。

みんなの期待に応《こた》えるために、校庭にミステリーサークルでも作るか？

僕は頬杖をついたまま、短いため息をついた。

授業が始まって、まだ五分しか経っていない。

でも、一学期よりは時の流れが速くなっていっているような気がする。

こうして二学期、三学期、二年、三年と時が経つにつれ、ウスノロな時間ともだんだんと親しくなっていき、やがては親友になって一緒に社会に出ていくのかもしれない。

そして、時々、いまの自分に開いた穴を埋めるために昔の仲間と会っては、過去の栄光について語り合うのかもしれない。

あの時は楽しかったよなぁ、なんて感じで。

僕は、もう一度短いため息をついた。

一瞬、僕の父親の保険の存在が頭をかすめる。

悔しくて、思わず声を上げそうになる。

心のバランスを保つために、僕は公園の駐車場で見た圧倒的な光に思いを馳《は》せる。

そして、もうすでにこんなふうに考えている。

あの時はすごかったなぁ、と。

僕は長いため息をついたあと、みんなの顔を眺めた。

舜臣も萱野も山下もヒロシも井上も郭も、みんな退屈そうな顔をしている。

あの夜を経験した僕たちは分かっている。

自分たちに無限の力が備わっていることを。

そして、それを持て余していることも。

いまの僕たちに必要なのは、誰かがまたスターターピストルの引き金を引いてくれることだった。

そうすれば、僕たちは爆発的なダッシュを見せて、クソみたいな退屈を蹴散《けち》らしながら、一気に駆け抜けてみせるのに——。

突然、大きな笑い声が上がって、すぐに止んだ。

いつもなら気にせずに講義を続ける米倉が、今日に限って喋《しゃべ》るのをやめた。

僕は頬杖をやめ、米倉を見つめた。

米倉は教卓に両手をついたあと、ゆっくりと教室を見まわしていった。

米倉の視線は舜臣を、萱野を、山下を、ヒロシを、井上を、郭を、何人かの生徒を、
そして、僕を射貫《いぬ》いた。

この時、僕たちは、はっきりと予感した。

スターターピストルが再び鳴り響くことを。

なにかが始まることを。

そして、数秒後に米倉の口から発せられた言葉を聞き、僕たちはやっと気づく。

この世界には、僕たちを再びグレイトエスケイプへと導く要素と兆候が満ち溢《あふ》れていることに。

足りないのは、それらを見つけ出す目と、聞き取る耳と、感じ取るセンスだけなのだ。

退屈なのは、世界の責任じゃない。

怠惰な僕たちの創り出している世界が、退屈なだけなのだ。

だから、
目を見張れ。

耳をすませ。

感覚を研ぎ澄ませろ。

そして、準備を怠るな。

驚異的なダッシュを見せつけるために、身軽になれ。

誰かが勝手に決めた偏差値。
あいつらに植え付けられた劣等感。
ありきたりな常識。
過去のちっぽけな栄光。
ありふれた未来を約束する保険。
すべてを捨て去れ。
リセットボタンを押し続けろ。
何度でも、ゼロに、戻れ。

米倉の口が、開いた。
言葉が、全身に突き刺さる。
いま、引き金が引かれる。
僕たちの革命が始まる。

「君たち、世界を変えてみたくはないか？」

本書は、二〇一一年小社より刊行された単行本を文庫化したものです。

レヴォリューション No.0

金《かね》城《しろ》一《かず》紀《き》

平成25年 6月20日　初版発行
令和6年 12月5日　再版発行

発行者●山下直久

発行●株式会社KADOKAWA
〒102-8177　東京都千代田区富士見2-13-3
電話　0570-002-301（ナビダイヤル）

角川文庫 17955

印刷所●株式会社暁印刷
製本所●本間製本株式会社

表紙画●和田三造

●お問い合わせ
https://www.kadokawa.co.jp/（「お問い合わせ」へお進みください）
※内容によっては、お答えできない場合があります。
※サポートは日本国内のみとさせていただきます。
※Japanese text only

ISBN 978-4-04-100831-7　C0193

◇◇◇

角川文庫発刊に際して

角川源義

第二次世界大戦の敗北は、軍事力の敗北であった以上に、私たちの若い文化力の敗退であった。私たちの文化が戦争に対して如何に無力であり、単なるあだ花に過ぎなかったかを、私たちは身を以て体験し痛感した。西洋近代文化の摂取にとって、明治以後八十年の歳月は決して短かすぎたとは言えない。にもかかわらず、近代文化の伝統を確立し、自由な批判と柔軟な良識に富む文化層として自らを形成することに私たちは失敗して来た。そしてこれは、各層への文化の普及滲透を任務とする出版人の責任でもあった。

一九四五年以来、私たちは再び振出しに戻り、第一歩から踏み出すことを余儀なくされた。これは大きな不幸ではあるが、反面、これまでの混沌・未熟・歪曲の中にあった我が国の文化に秩序と確たる基礎を齎らすためには絶好の機会でもある。角川書店は、このような祖国の文化的危機にあたり、微力をも顧みず再建の礎石たるべき抱負と決意とをもって出発したが、ここに創立以来の念願を果すべく角川文庫を発刊する。これまで刊行されたあらゆる全集叢書文庫類の長所と短所とを検討し、古今東西の不朽の典籍を、良心的編集のもとに、廉価に、そして書架にふさわしい美本として、多くのひとびとに提供しようとする。しかし私たちは徒らに百科全書的な知識のジレッタントを作ることを目的とせず、あくまで祖国の文化に秩序と再建への道を示し、この文庫を角川書店の栄ある事業として、今後永久に継続発展せしめ、学芸と教養との殿堂として大成せんことを期したい。多くの読書子の愛情ある忠言と支持とによって、この希望と抱負とを完遂せしめられんことを願う。

一九四九年五月三日

金城一紀の好評既刊（角川文庫）

君たち、世界を変えて
みたくはないか？

レヴォリューションNo.3

オレたち、オチコボレ。
でも、女にもてるためにがんばってます。
かなり本気です。

……………………………………

ザ・ゾンビーズ・シリーズ第1弾！

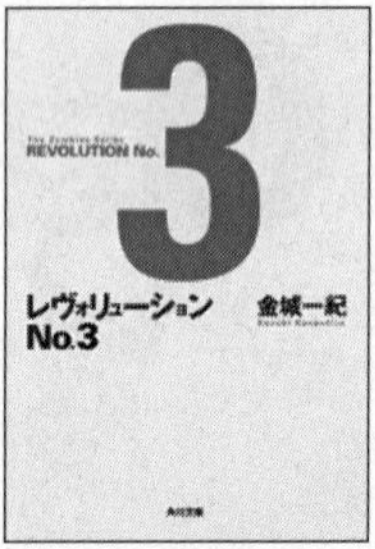

ISBN 978-4-04-385202-4

金城一紀の好評既刊（角川文庫）

フライ，ダディ，フライ

大切なものをとりもどす、
最高の夏休み！

ザ・ゾンビーズ・シリーズ第２弾！

ISBN 978-4-04-385203-1

SPEED

いつか、おまえの
ジュテ跳躍を見せてくれよ

ザ・ゾンビーズ・シリーズ第３弾！

ISBN 978-4-04-385205-5

角川文庫ベストセラー

SP 警視庁警備部警護課第四係　金城一紀

幼い頃、テロの巻き添えで両親を亡くした井上薫は、トラウマから得た特殊能力を使い、続発する要人テロと、その背後にある巨大な陰謀に敢然と立ち向かっていく――。

ぼくんち (上)(中)(下)　西原理恵子

ぼくのすんでいるところは山と海しかない　しずかな町で、端に行くとどんどん貧乏になる。そのいちばんはしっこがぼくの家だ――恵まれてはいない人々の心温まる家族の絆を描く、西原ワールドの真髄。

ものがたりゆんぼくん 全四巻　西原理恵子

「ゆんぼ」という変わった名前をつけられた男の子。山奥の村でたくましく暮らす母と息子、友達や飼い犬たちとの心の交流を通して織りなされる少年の成長物語。西原理恵子の真骨頂、名作叙情マンガ。

この世でいちばん大事な「カネ」の話　西原理恵子

お金の無い地獄を味わった子どもの頃。お金を稼げば自由を手に入れられることを知った駆け出し時代。お金と闘い続けて見えてきたものとは……「カネ」と「働く」の真実が分かる珠玉の人生論。

いけちゃんとぼく　西原理恵子

ある日、ぼくはいけちゃんに出会った。いけちゃんはいつもぼくのことを見てくれて、落ち込んでるとなぐさめてくれる。そんないけちゃんがぼくは大好きで……不思議な生き物・いけちゃんと少年の心の交流。

角川文庫ベストセラー

5年3組リョウタ組　石田衣良

茶髪にネックレス、涙もろくてまっすぐな、教師生活4年目のリョウタ先生。ちょっと古風な25歳の熱血教師の一年間をみずみずしく描く、新たな青春・教育小説！

蘇える金狼　全二巻
野望篇　完結篇　大藪春彦

三十八口径のコルトが轟然と火を噴いた。たちこめる硝煙の中、仮面をかぶった野獣は冷たい残忍な笑いを浮かべていた……会社乗っ取りを企む非情な一匹狼。悪には悪を、邪魔者は殺す！　大藪文学の金字塔!!

ドミノ　恩田陸

一億の契約書を待つ生保会社のオフィス。下剤を盛られた子役の麻里花。推理力を競い合う大学生。別れを画策する青年実業家。昼下がりの東京駅、見知らぬ者同士がすれ違うその一瞬、運命のドミノが倒れてゆく！

GOTH
夜の章・僕の章　乙一

連続殺人犯の日記帳を拾った森野夜は、未発見の死体を見物に行こうと「僕」を誘う……人間の残酷な面を覗きたがる者〈GOTH〉を描き本格ミステリ大賞に輝いた乙一の出世作。「夜」を巡る短篇3作を収録。

サウスバウンド　(上)(下)　奥田英朗

小学6年生の二郎にとって、悩みの種は父の一郎だ。自称作家というが、仕事もしないでいつも家にいる。ふとしたことから父が警察にマークされていることを知り、二郎は普通じゃない家族の秘密に気づく……。

角川文庫ベストセラー

オリンピックの身代金（上）（下）　奥田英朗

昭和39年夏、オリンピック開催を目前に控えて沸きかえる東京で相次ぐ爆破事件。警察と国家の威信をかけた捜査が極秘のうちに進められる。圧倒的スケールで描く犯罪サスペンス大作！　吉川英治文学賞受賞作。

裸の王様・流亡記　開高健

戦後文学史に残る名作が、島本理生氏のセレクトにより復刊。人間らしさを圧殺する社会や権力を哄笑し、なまなましい生の輝きを端正な文章で描ききった、開高健の初期作品集。

薄闇シルエット　角田光代

「結婚してやる」と恋人に得意げに言われ、ハナは反発する。結婚を「幸せ」と信じにくいが、自分なりの何かも見つからず、もう37歳。そんな自分に苛立ち、戸惑うが……ひたむきに生きる女性の心情を描く。

さらば、荒野　北方謙三

冬は海からやって来る。静かにそれを見ていたかった。だが、友よ。人生を降りた者にも闘わねばならない時がある。夜、霧雨、酒場。本格ハードボイルド〝ブラディ・ドール〟シリーズ開幕！

青の炎　貴志祐介

秀一は湘南の高校に通う17歳。女手一つで家計を担う母と素直で明るい妹の三人暮らし。その平和な生活を乱す闖入者がいた。警察も法律も及ばず話し合いも成立しない相手を秀一は自ら殺害することを決意する。

角川文庫ベストセラー

硝子のハンマー　貴志祐介

日曜の昼下がり、株式上場を目前に、出社を余儀なくされた介護会社の役員たち。厳重なセキュリティ網を破り、自室で社長は撲殺された。凶器は？　殺害方法は？　推理作家協会賞に輝く本格ミステリ。

少女七竈と七人の可愛そうな大人　桜庭一樹

いんらんの母から生まれた少女、七竈は自らの美しさを呪い、鉄道模型と幼馴染みの雪風だけを友に、孤高の日々をおくるが――。直木賞作家のブレイクポイントとなった、こよなくせつない青春小説。

疾走（上）（下）　重松清

孤独、祈り、暴力、セックス、殺人。誰か一緒に生きてください――。人とつながりたいと、ただそれだけを胸に煉獄の道のりを懸命に走りつづけた十五歳の少年のあまりにも苛烈な運命と軌跡。衝撃的な黙示録。

とんび　重松清

昭和37年夏、瀬戸内海の小さな町の運送会社に勤めるヤスに息子アキラ誕生。家族に恵まれ幸せの絶頂にいたが、それも長くは続かず……高度経済成長に活気づく時代と町を舞台に描く、父と子の感涙の物語。

一瞬の光　白石一文

38歳の若さで日本を代表する企業の人事課長に抜擢されたエリートサラリーマンと、暗い過去を背負う短大生。二人が出会って生まれた刹那的な非日常世界を描いた感動の物語。直木賞作家、鮮烈のデビュー作。

角川文庫ベストセラー

不自由な心　白石一文

大手部品メーカーに勤務する野島は、パーティで同僚の若い女性の結婚話を耳にし、動揺を隠せなかった。なぜなら当の女性とは、野島が不倫を続けている恵理だったからだ……心のもどかしさを描く会心の作品集。

ナラタージュ　島本理生

お願いだから、私を壊して。ごまかすこともそらすこともできない、鮮烈な痛みに満ちた20歳の恋。もうこの恋から逃れることはできない。早熟の天才作家、若き日の絶唱というべき恋愛文学の最高作。

クローズド・ノート　雫井脩介

自室のクローゼットで見つけたノート。それが開かれたとき、私の日常は大きく変わりはじめる——。『犯人に告ぐ』の俊英が贈る、切なく温かい、運命的なラブ・ストーリー！

グレイヴディッガー　高野和明

八神俊彦は自らの生き方を改めるため、骨髄ドナーとなり白血病患者の命を救おうとしていた。だが、都内で連続猟奇殺人が発生。事件に巻き込まれた八神は患者を救うため、命がけの逃走を開始する——。

十九歳のジェイコブ　中上健次

クスリで濁った頭と体を、ジャズに共鳴させるジェイコブ。癒されることのない渇きに呻く十九歳の青春を、精緻な構成と文体で描く。渦巻く愛と憎しみ、そして死。灼熱の魂の遍歴を描く、青春文学の金字塔。

角川文庫ベストセラー

19歳
一家四人惨殺犯の告白
永瀬隼介

92年に千葉県で起きた身も凍る惨殺劇。虫をひねり潰すがごとく4人の命を奪った19歳の殺人者に下された死刑判決。生い立ちから最高裁判決までを執念で追い続けた迫真の事件ノンフィクション！

ジャンゴ
花村萬月

天才ギタリスト、ジャンゴ・ラインハルトに魅せられた沢村は、表現豊かなピッキングでコアなファンに支持されていた。やくざの愛人から誘われるままに薬に手を出した沢村は、激しい快楽に身をゆだねるが……。

不夜城
馳星周

アジア屈指の歓楽街・新宿歌舞伎町の中国人黒社会を器用に生き抜く劉健一。だが、上海マフィアのボスの片腕を殺し逃亡していたかつての相棒・呉富春が町に戻り、事態は変わった——。衝撃のデビュー作!!

初恋ソムリエ
初野晴

ワインにソムリエがいるように、初恋にもソムリエがいる?! 初恋の定義、そして恋のメカニズムとは……お馴染みハルタとチカの迷推理が冴える、大人気青春ミステリ第2弾！

つくもがみ貸します
畠中恵

お江戸の片隅、姉弟二人で切り盛りする損料屋「出雲屋」。その蔵に仕舞われっぱなしで退屈三昧、噂大好きのあやかしたちが貸し出された先で拾ってきた騒動とは!? ほろりと切なく温かい、これぞ畠中印！

角川文庫ベストセラー

13 古川日出男

左目だけが色弱の少年・響一は、幼い頃から驚異的な知能指数で、色彩の天才といわれる。進学をせず、ザイールに向かった響一が出逢ったのは、霊力の森、そして「黒いマリア」。言葉と色彩、魔術的小説。

沈黙／アビシニアン 古川日出男

あらゆる声と言語を操った、鹿爾。数千枚のレコードを残した修一郎。二人の血を引くあたし（「沈黙」）。「あなたには痛みがある」。字の読めない彼女にぼくは胸を焦がした（「アビシニアン」）。繊細な抒情小説。

アラビアの夜の種族 全三巻 古川日出男

聖遷暦一二一三年、偽りの平穏に満ちたカイロ。訪れる者を幻惑するイスラムの地に、迫り来るナポレオン艦隊。対抗する術計はただ一つ、極上の献上品「災厄の書」。それは大いなる陰謀のはじまりだった。

テロリストのパラソル 藤原伊織

新宿に店を構えるバーテンの島村。ある日、島村の目の前で犠牲者19人の爆弾テロが起こる。現場から逃げ出した島村だったが、その時置き忘れてきたウイスキー瓶には、彼の指紋がくっきりと残されていた……。

今夜は眠れない 宮部みゆき

中学一年でサッカー部の僕、両親は結婚15年目、ごく普通の平和な我が家に、謎の人物が5億もの財産を母さんに遺贈したことで、生活が一変。家族の絆を取り戻すため、僕は親友の島崎と、真相究明に乗り出す。

角川文庫ベストセラー

あやし　宮部みゆき

木綿問屋の大黒屋の跡取り、藤一郎に縁談が持ち上がったが、女中のおはるのお腹にその子供がいることが判明する。店を出されたおはるを、藤一郎の遣いで訪ねた小僧が見たものは……江戸のふしぎ噺9編。

ブレイブ・ストーリー（上）（中）（下）　宮部みゆき

亘はテレビゲームが大好きな普通の小学5年生。不意に持ち上がった両親の離婚話に、ワタルはこれまでの平穏な毎日を取り戻し、運命を変えるため、幻界〈ヴィジョン〉へと旅立つ。感動の長編ファンタジー！

月魚　三浦しをん

『無窮堂』は古書業界では名の知れた老舗。その三代目に当たる真志喜と「せどり屋」と呼ばれるやくざ者の父を持つ太一は幼い頃から兄弟のように育つ。ある夏の午後に起きた事件が二人の関係を変えてしまう。

山田風太郎ベストコレクション
甲賀忍法帖　山田風太郎

400年来の宿敵として対立してきた伊賀と甲賀の忍者たちが、秘術の限りを尽くして繰り広げる地獄絵巻。壮絶な死闘の果てに漂う哀しい慕情とは……風太郎忍法帖の記念碑的作品！

金田一耕助ファイル1
八つ墓村　横溝正史

鳥取と岡山の県境の村、かつて戦国の頃、三千両を携えた八人の武士がこの村に落ちのびた。欲に目が眩んだ村人たちは八人を惨殺。以来この村は八つ墓村と呼ばれ、怪異があいついだ……。